P9-DCE-658

Bianca

Elizabeth Power
El recuerdo de sus caricias

Editado por HARLEQUIN IBÉRICA, S.A.
Núñez de Balboa, 56
28001 Madrid

© 2013 Elizabeth Power
© 2014 Harlequin Ibérica, S.A.
El recuerdo de sus caricias, n.º 2347 - 5.11.14
Título original: Visconti's Forgotten Heir
Publicada originalmente por Mills & Boon®, Ltd., Londres.

I.S.B.N.: 978-84-687-4747-7
Depósito legal: M-23721-2014
Editor responsable: Luis Pugni
Impresión en CPI (Barcelona)
Fecha impresion para Argentina: 4.5.15
Distribuidor exclusivo para España: LOGISTA
Distribuidor para México: CODIPLYRSA
Distribuidores para Argentina: interior, BERTRAN, S.A.C. Vélez
Sársfield, 1950. Cap. Fed./ Buenos Aires y Gran Buenos Aires,
VACCARO SÁNCHEZ y Cía, S.A.

Capítulo 1

EN CUANTO se fijó en aquel hombre de espaldas anchas que acababa de entrar por la puerta del concurrido bar, Magenta supo que era el padre de su hijo.

No lo sospechaba, ni tampoco albergaba la esperanza de equivocarse. Simplemente lo sabía.

El borde del vaso que estaba secando se quebró.

–¿Te encuentras bien? –le preguntó Thomas, su compañero de trabajo, al verla llevarse una mano a la frente.

Al igual que ella, Thomas, titulado universitario, trabajaba detrás de la barra media jornada hasta encontrar algo mejor.

El joven dejó su puesto frente a la caja un instante y se le acercó. Magenta sacudió la cabeza. Intentaba poner un poco de orden ante el caos de recuerdos lejanos que se estaba gestando en su mente. Rabia, hostilidad, pasión... Sobre todo era pasión, una pasión hambrienta, que lo consumía todo.

Alguien le habló. Era un cliente que pedía algo. Magenta levantó la vista. Sus ojos marrones estaban turbios, aturdidos. Tenía el rostro pálido y su tez contrastaba más que nunca con el color castaño oscuro de su cabello.

–¿Te importaría atenderle tú un momento? –le habló a su compañero en un tono de confusión.

Soltó los dos pedazos de cristal y el trapo que tenía en la mano y se dirigió hacia el aseo con paso ágil. Aferrándose al desvencijado urinario, trató de recuperar la compostura. Sus pulmones se tragaban el aire con avidez.

Era Andreas Visconti. ¿Quién si no?

Nadie hubiera podido convencerla jamás de que el padre de su hijo fuera otro hombre. En el fondo de su corazón siempre había sabido que no era de las que se acostaban con cualquiera, ni siquiera durante aquella terrible etapa de su vida en la que había perdido el rumbo.

De repente sintió náuseas y se quedó donde estaba, inclinada sobre el retrete, esperando a que remitiera el ataque de arcadas, tratando de organizar esos pensamientos erráticos e imágenes que la bombardeaban por dentro.

Según los médicos no debía forzar las cosas y, con el paso de los años, habían llegado a decirle que los recuerdos que había perdido tal vez no volverían jamás. Pero sí iban a volver, aunque reaparecieran como las piezas de un puzle distorsionado.

La puerta exterior se abrió en ese momento. Oyó la voz de una compañera camarera que la llamaba. Tenía que salir y hacerle frente al presente.

Mientras servían a la gente que tenía delante, Andreas Visconti tuvo tiempo de mirar a su alrededor y de reparar en la joven que estaba poniendo bebidas al final de la barra. Al principio pensó que estaba alucinando.

Era esbelta, hermosa e impecablemente fotogénica. El pelo recogido realzaba sus pómulos altos y sus llamativos ojos oscuros. Andreas se quedó mirándola durante unos segundos, embelesado. Era como si estuviera viendo un fantasma.

De repente alguien la llamó por su nombre y entonces supo que no era producto de su imaginación. Realmente era ella, Magenta James, la chica por la que un día había estado a punto de sacrificar su corazón, su vida entera.

Ella miraba por encima del hombro. Escuchaba algo que le decía un hombre mayor que sin duda debía de ser el dueño. Andreas sintió una dolorosa punzada al oír su risa, nerviosa y tímida.

La última vez que había oído esa voz había sido un día triste. Se había burlado de él. Le había dicho que no tenía futuro y que no quería verle prosperar en su carrera.

¿Cómo podían cambiar tanto las cosas? Jamás hubiera esperado encontrársela en un sitio como ese, sirviendo bebidas detrás de una barra... Definitivamente iba a disfrutar mucho de su visita a ese restaurante.

Saliéndose de la cola en la que tanto tiempo llevaba esperando, se abrió paso entre los clientes de una noche de viernes cualquiera y fue hacia ella.

–Hola, Magenta.

Magenta sintió que su cuerpo se tensaba por debajo del sencillo vestido negro que se había puesto ese día. La gargantilla roja y negra era el único detalle de color que se había permitido ese día.

Era inevitable que la viera, que quisiera hablarle.

Tenía el corazón fuera de control. No estaba preparada para lo que esa voz profunda podía hacerle.

Se volvió tras haber colocado una botella en la estantería con espejos situada detrás de la barra.

–Andreas... –apenas era capaz de hablar mientras le miraba a los ojos.

Esos ojos color zafiro los había heredado de su madre inglesa. ¿Cómo era capaz de recordar algo así con tanta facilidad si no podía recordar nada más?

Por más que lo intentaba no lograba recuperar ningún detalle, pero sí sabía que habían terminado muy mal.

–Vaya sorpresa, para los dos, imagino –comentó él en un tono seco.

De repente Magenta se dio cuenta de que tenía un ligero acento americano que no estaba ahí seis años antes. Además, ese impecable bronceado que exhibía no se debía solo a sus raíces anglo-italianas. Era evidente que había pasado tiempo viviendo en los Estados Unidos.

Llevaba un peinado perfecto, pero parecía más grande y corpulento que nunca. No tenía nada que ver con aquel joven de sus recuerdos escasos. El hombre que tenía delante era duro, implacable. La madurez se reflejaba en sus espaldas anchas y en ese aire prepotente que le acompañaba. Su porte sofisticado indicaba que había vivido mucho y la fina barba de unas horas que tenía en la mandíbula era todo un derroche de masculinidad.

–Tengo que admitir que jamás hubiera esperado encontrarte en un sitio como este.

Magenta hubiera querido decirle que solo trabajaba allí dos tardes por semana y que tenía otro empleo de mañana como mecanógrafa. También hubiera deseado decirle que estaba esperando a que la llamaran de un trabajo muy bueno tras haber pasado el proceso de selección. Sin embargo, ese cinismo velado la hizo pensárselo dos veces antes de hablar.

La necesidad de recuperar esos meses perdidos de su vida era más importante que el deseo de preservar la autoestima.

—¿Dón... dónde esperabas encontrarme exactamente?

Andreas hizo una mueca sutil con los labios. El gesto era puro desprecio.

—¿Se supone que es una broma?

Imágenes que no quería recordar la asediaban de repente; instantáneas en las que él la besaba, la desnudaba, le susurraba cosas al oído...

—No te recuerdo —le dijo.

—Querrás decir que no quieres recordarme.

Magenta se llevó una mano a la frente y trató de poner orden entre las piezas del puzle.

—Eras más joven —bajó la mano lentamente—. Más delgado.

—Probablemente. Solo tenía veintitrés años.

«Y trabajabas como un esclavo en el restaurante de tu padre.»

¿De dónde había salido ese pensamiento?

Magenta volvió a llevarse la mano a la frente.

—¿Te encuentras bien?

A través del extraño murmullo en el que se había convertido la conversación, Magenta detectó cierta preocupación en su voz grave y masculina.

—¿Verme de nuevo ha sido demasiado para ti? Estás un poco pálida.

–Bueno, cualquier persona parece pálida comparada contigo. Te ves asquerosamente saludable.

–Sí, bueno... –dijo Andreas, haciendo un gesto sensual y perezoso con los labios que le resultaba muy familiar–. La vida me ha ido bien.

Justo en ese momento, Magenta reparó en las dos jarras que Thomas le había dejado sobre la barra.

Era un whisky con soda para Andreas y una botella de zumo de naranja para...

Magenta miró detrás de él con disimulo. Él la miró con una expresión burlona.

–¿Sueles venir a menudo? –le preguntó ella rápidamente.

–Es la primera vez que vengo –metió la mano en uno de los bolsillos de sus pantalones grises de corte impecable.

Thomas quitó la tapa de la botella de zumo.

–Entonces, ¿qué te trae por aquí? –Magenta tragó con dificultad.

Solo quería agarrarle de las solapas y exigirle que le dijera qué había pasado entre ellos, pero no podía hacer las cosas de esa manera. Además, tenía miedo de saber la verdad.

Levantó la vista y le miró a los ojos. Él la estaba mirando de arriba abajo, recorriendo cada centímetro de su silueta. De repente esbozó una sonrisa calculada.

–¿Quién sabe? A lo mejor ha sido el destino.

De pronto, tal vez por la forma en que la miraba, o por el tono grave que había infundido a sus palabras, Magenta se sintió como si volviera a tener diecinueve años. Por aquel entonces era una chiquilla llena de vida y esperanza. Alguien le había dicho algo así por aquella época.

–¿Qué es esto entonces? ¿Un dinerillo extra entre trabajo y trabajo? ¿O es que tu carrera en el mundo de la moda no cumplió todas tus expectativas? –puso un billete sobre la mesa.

Su carrera en el mundo de la moda... En realidad ni siquiera había llegado a despegar.

–A veces no todo sale como esperamos –le contestó Magenta en un tono tranquilo.

Su compañero acababa de recoger el billete del mostrador. Thomas estaba acostumbrado a que la gente le diera conversación.

–¿En serio? ¿Qué pasó con Rushford, el hacedor de milagros?

Sus palabras albergaban un tono corrosivo.

–¿Él tampoco cumplió todas tus expectativas? Y yo que pensaba que sí ibas bien encaminada con ese chico.

Marcus Rushford.

Magenta bien podría haberse echado a reír en ese momento. ¿Cómo era posible que su mente lo hubiera borrado casi todo respecto a Andreas y no la dejara olvidar al avispado manager que había llevado su carrera durante una breve temporada?

La confusión se apoderó de ella. Tuvo que respirar profundamente.

–Bueno, como te he dicho... –se encogió de hombros y entonces se dio cuenta de que había olvidado por completo lo que estaba a punto de decir.

Todavía le pasaba algunas veces, en momentos como ese, cuando estaba estresada y nerviosa.

–No... –afortunadamente las palabras volvieron, aunque de manera atropellada–. No todo sale según el plan.

–Evidentemente no –miró hacia donde estaba Thomas.

Su compañero estaba justo detrás del hombre mayor que debía de ser el jefe, tratando de resolver algún problema con la caja registradora.

Magenta quería que se diera prisa. Quería zanjar la conversación lo antes posible.

–Entonces, ¿qué pasó con tu carrera? ¿Rushford no cumplió sus promesas? ¿O es solo un rumor? ¿Se escapó porque no era capaz de afrontar la responsabilidad de ser padre?

Magenta sintió que la cabeza le daba vueltas de repente. Él sabía que había estado embarazada. Se llevó la mano a la frente.

–Lo siento. ¿Todavía es un punto delicado?

Su sarcasmo era afilado, pero Magenta estaba demasiado preocupada por no perder el equilibrio como para preguntarle por qué creía que Marcus Rushford era el padre de Theo.

Se agarró del borde de la barra con ambas manos para buscar un punto de apoyo y respiró profundamente.

–Preferiría no hablar de mi hijo si no te importa. Aquí no, no en un bar.

–No puedo evitar decir que me sorprende que aquella chica a la que conocí dejara que una cosa tan insignificante como la maternidad le arruinara los planes.

Magenta apoyó el brazo sobre el mostrador y se sujetó la barbilla con la mano antes de hablar.

–Bueno, háblame de la chica a la que conociste.

Él se rio suavemente y se inclinó hacia delante. Magenta sintió su aliento en el pelo.

–No te gustaría oírlo.

Magenta se echó hacia atrás rápidamente.

–A lo mejor me estás confundiendo con otra persona. O a lo mejor es que no me conocías tan bien.

–Oh, yo creo que sí.

–Bueno, como te he dicho, no me acuerdo.

–¿Sigues tratando de negar que nos conocimos?

–¿Qué hice? ¿Te dejé por otra persona? ¿O fue por mi carrera? Sea lo que sea, por lo menos te puedes ir con la satisfacción de saber que seguramente tuve lo que me merecía y que no conseguí todos esos estúpidos sueños por los que te dejé.

Andreas esbozó una sonrisa pensativa que no le llegaba a los ojos.

–Bueno, ahí te equivocas –murmuró en un tono suave–. Nuestra pequeña aventura no fue lo bastante significativa para mí como para albergar un deseo de venganza, así que no te tienes que castigar tanto, Magenta. Todos nos equivocamos en algún momento, sobre todo cuando somos jóvenes, y miramos más allá de lo que podemos conseguir de manera realista.

–Te sorprendería saber todo lo que he conseguido durante los últimos cinco años.

–Oh, ¿en serio? –Andreas arqueó una ceja–. ¿Como qué?

«Como aprender a caminar de nuevo, a sujetar un cuchillo y un tenedor, a cuidar de mi bebé, a seguir con vida...».

Tocó la gargantilla negra y roja con la que tapaba una de las cicatrices que tenía en el cuello. Él no tenía por qué saber nada de eso, ni tampoco tenía por qué contarle lo del curso de administración y empresariales que había hecho, lo cual le había permitido solicitar el empleo que tanto deseaba.

—No importa —le dijo. Se fijó en sus manos masculinas, que en ese momento tomaban los vasos del mostrador. Esas manos la habían hecho conocer el paraíso.

No llevaba ningún anillo.

Su interés, poco disimulado, no pasó desapercibido para Andreas, que se movió ligeramente para permitirle ver a una atractiva pelirroja que le esperaba en una de las mesas. La joven le miraba con una sonrisa.

—Como te he dicho... La vida me ha ido bien —le dijo, y entonces dio media vuelta.

Magenta se quedó allí de pie durante unos segundos, sintiéndose como si acabara de salir de una batalla invisible. Tenía náuseas y la cabeza le palpitaba furiosamente. Lo único que quería era salir corriendo y esconderse, pero alguien le estaba haciendo un pedido.

—¿Es tu novio? —le preguntó Thomas por encima del hombro cuando terminó de servir a la clienta.

El grupo de música en directo estaba preparando los instrumentos para la actuación de esa noche y el nivel de ruido comenzaba a incrementarse. Magenta no pudo hacer más que sacudir la cabeza y mascullar algo ininteligible.

—¿No? Entonces, ¿por qué te miraba como si quisiera arrancarte ese vestido?

—No seas tonto. Está con alguien.

—Estaba.

—¿Qué? —no veía nada más allá del muro de clientes. El ruido de la prueba de sonido y el murmullo de la gente tampoco ayudaban.

—Te juro que se tomó ese whisky de un trago y

sacó a la novia del bar antes de que pudiera decir nada.

Magenta sintió que el estómago le daba un vuelco.

—¿Hizo eso? —miró hacia la mesa en cuestión aprovechando un hueco entre la multitud. El vaso de whisky estaba vacío y el zumo de naranja apenas había sido tocado.

—¿Y qué? Seguramente tenían prisa por irse a otro sitio.

—¡Oye! ¿Te encuentras bien? —exclamó Thomas de repente al verla tambalearse.

Magenta se llevó las manos a la cabeza y trató de contener las náuseas.

—No. Lo siento. ¿Podrías pedirme un taxi? —le dijo y volvió a dirigirse al aseo. Una vez allí, vomitó violentamente.

Andreas pensó que se había comportado muy mal. Iba solo en su coche, de camino a casa. Verla de nuevo después de tantos años había sido extraño.

Por aquel entonces, ella tenía diecinueve años y él veintitrés. No era más que un peón en el maltrecho negocio de su padre, pero desde un principio debería haber sabido la clase de chica que era. Vivía en una vieja casa adosada con su madre alcohólica, una mujer que ni siquiera sabía quién era el padre de Magenta.

Le había dado mucha pena. ¿Por qué si no se había embarcado con ella en esa aventura absurda?

Andreas pensó en ello un instante. Conocía muy bien la respuesta a esa pregunta.

Era dulce, cálida, vivaz. Era la chica más bonita que había conocido jamás, y por aquella época ya conocía a unas cuantas, pero no eran suficientes como para saber que las chicas como Magenta James solo servían para una cosa.

Andreas apretó la mandíbula y giró el volante para cruzar una intersección.

Ella sabía que era preciosa. Ese era el problema. Trabajaba de recepcionista a media jornada y todas las agencias de modelos tenían su book. Hacía todo lo posible para abrirse camino en el mundo de la moda y sacarle rentabilidad a su belleza.

Se habían convertido en amantes poco tiempo después de empezar a salir, tan solo unos días después de haberla conocido. La había visto por primera vez en el restaurante de su padre, acompañada de un grupo de chicas que celebraban una despedida de soltera. Sorprendentemente era virgen, pero aquellos primeros encuentros habían encendido un fuego en ella que no solo ardía para él.

Habían hecho el amor en todos los sitios posibles, en la camioneta, en el apartamento que estaba encima del restaurante, en su habitación, siempre limpia y organizada... Aquel dormitorio era como un oasis en medio del caos de la destartalada casa eduardiana de su madre.

No le había importado en absoluto que su familia no la quisiera, aunque sí se había preguntado en alguna ocasión qué le hubiera parecido a su madre, de haber estado viva. Su abuela había puesto el grito en el cielo y su padre...

Andreas trató de ahuyentar los pensamientos al ver que el dolor estaba cada vez más cerca. La desaprobación de su familia no había hecho más que reforzar su deseo de estar con ella.

Pero ellos sí habían sabido desde el primer momento cómo era ella. Habían sido capaces de ver a través de ese fino velo de hechizante belleza. Él, en cambio, se había dejado cegar por la pasión y por esas declaraciones de amor vacías.

En aquella época era un chico trabajador, fiel a su padre, pero también era ambicioso. Y había sido capaz de ver los fallos en el negocio del restaurante. Giuseppe Visconti era mejor chef que empresario, pero jamás se había dignado a escuchar sus planes innovadores para salvar el negocio. Era demasiado orgulloso y dictatorial. Lo llevaba en la sangre italiana.

–Por encima de mi cadáver –le había dicho–. Nunca tendrás el control de este negocio. *Dio mio!* ¡Jamás! No mientras sigas con esa chica.

Estaba ciego, loco de amor, y era lo bastante ingenuo como para creer que el amor podía con todo, que con Magenta James a su lado podía superar los prejuicios de su familia y la testarudez de su padre.

Pero Magenta solo se estaba divirtiendo. Mientras estaba con él también ocupaba la cama de otro hombre.

Al principio no había querido creer a su padre, pero finalmente se había decidido a ir a su casa... y se había encontrado con el coche de Rushford aparcado fuera. Era un coche negro muy lujoso que llamaba la atención en aquel barrio humilde.

Había pasado de largo, incapaz de creer lo que veían sus ojos.

–¿De verdad crees que alguna vez fui en serio contigo? ¿Con esto? –la última vez que la había visto ella se había echado a reír y había mirado a su alrededor con desprecio.

Estaban en el restaurante de su padre, ya desierto. El negocio ya empezaba a ir mal.

Le había contado todo lo que su adorado Svengali estaba haciendo por ella y todo lo que tenía pensado conseguir.

Esa noche su padre y él habían discutido, una vez más. Pero en esa ocasión las cosas habían sido distintas. Casi habían llegado a las manos. Su padre le había dicho cosas horribles de ella, cosas que jamás podría repetir, y él le había acusado de tener celos de su propio hijo y de su juventud.

Giuseppe Visconti había muerto en sus brazos esa noche. Su corazón no había aguantado semejante batalla verbal.

Dos meses más tarde su abuela puso el restaurante en venta para pagar los préstamos pendientes del negocio y se marchó a Italia.

Un día, mientras estaba en Estados Unidos, alguien le contó que Magenta estaba viviendo a todo lujo con un magnate llamado Marcus Rushford, y que estaba esperando un bebé.

Era cierto. Se había comportado muy mal ese día. Andreas giró el volante y cruzó las puertas automáticas de su mansión de Surrey. Se había comportado mal, pero no lo bastante.

Capítulo 2

E N EL taxi, de camino a casa, Magenta sentía que la cabeza le palpitaba. El bombardeo de imágenes era incesante. Nada más entrar en casa se dirigió al cuarto de baño. El caleidoscopio de instantáneas ya comenzaba a tomar forma.

Había visto a Andreas en aquel restaurante, se había reído con él, había hecho el amor con él... ¿Dónde? No tenía importancia. Entonces no había importado. Se apretó los ojos con la base de las manos. Un deseo inesperado se apoderaba de su mente, obligándola a contener el aliento. Sacudió la cabeza y trató de recordar más cosas. Tenía que recordar.

Había un hombre grande, con cara de pocos amigos. Era el padre de Andreas. Y Maria. Maria era su abuela. Ambos la miraban con desprecio. La habían hecho sentirse como un insecto insignificante. Alguien le había gritado de repente. Había sido Andreas. Le había dicho que era superficial y materialista, que era igual que su madre y que no le había dado nada bueno.

Magenta se arrodilló junto al retrete y vomitó de nuevo. Por primera vez se alegraba de que Theo estuviera pasando las vacaciones en el campo con su tía abuela. Se abrazó a sí misma. Le echaba mucho de menos, tanto como aquel día, cuando se había despertado del coma creyendo que le había perdido, después de haber pasado dos meses en otro mundo. Pero no le había perdido.

Se echó a llorar de la misma forma que había llorado en aquella ocasión, aquel día cuando Josie Ashton, su tía viuda, le había llevado a su hijo de dos meses de vida al hospital y se lo había puesto sobre el regazo.

Su tía, siempre tan brusca y abierta, a la que no había visto durante más de diez años... No había dudado en hacerse cargo de la situación cuando su madre le había pedido ayuda.

Lloraba no solo por todo lo que había pasado, sino también por los recuerdos que le faltaban. ¿Cómo era posible que hubiera olvidado al padre de su hijo? ¿Qué podía haberle hecho él para que su subconsciente le hubiera engullido de esa manera? ¿Qué le había hecho ella?

Magenta se esforzó por obtener respuestas, pero la compuerta del dique no se abrió más. Cuando llegó a la entrevista a la semana siguiente, estaba exhausta de tanto pensar.

—En su currículum he visto que obtuvo el título de Administración durante el último año y medio y no ha trabajado en ningún sitio de forma permanente durante los cuatro años anteriores —dijo la mayor de las dos mujeres que la estaban entrevistando.

También había un hombre de mediana edad.

—¿Le puedo preguntar a qué se dedicó durante ese tiempo? —le preguntó de repente.

—Me he dedicado a criar a mi hijo —dijo Magenta sin vacilar.

La entrevista era para un puesto de asistente personal de la gerente de marketing de una cadena de hoteles en expansión y Magenta había buscado el look más sofisticado posible. Se había recogido el pelo y llevaba un traje gris hecho a medida con una blusa marrón. Las rayas de su foulard de seda mezclaban los dos colores.

Necesitaba conseguir ese trabajo desesperadamente para pagar todas las deudas y quedarse en el piso que ocupaba en ese momento. Por ese motivo no había revelado toda la información personal cuando había solicitado el puesto. Estaba convencida de que su sinceridad había sido el motivo por el que ninguna de las innumerables empresas en las que había hecho entrevistas hasta ese momento la había llamado.

Pero esa vez parecía que el puesto era suyo, sobre todo porque la mujer de más edad no hacía ningún esfuerzo por ocultar que la prefería a ella antes que a la otra candidata.

—¿Y no tendrás problemas para compaginar el trabajo y tus obligaciones como madre? —le preguntó Lana Barleythorne, la mujer más joven—. Si tiene cinco años, no debe de llevar mucho tiempo en el colegio...

—Lleva más de un año —dijo Magenta, orgullosa de su hijo—. Y dispongo de personas que pueden cuidarle.

Su respuesta pareció complacer a los entrevistadores. La mujer mayor le explicó que la gerente se encontraba en un congreso en ese momento y le preguntó si podía entrevistarse con ella otro día de esa semana.

—Por supuesto.

De repente alguien llamó a la puerta. Magenta se volvió. Un hombre vestido de traje acababa de entrar.

Andreas.

–Señor Visconti... –dijo la mujer mayor, sorprendida. Iba a ponerse en pie, pero él le hizo una seña para que permaneciera sentada–. Esta es la señorita James. Estábamos a punto de terminar la entrevista.

–Lo sé.

Su voz sonaba calma, sosegada, decidida, pero todavía no la había mirado. Magenta se dio cuenta de que no sabía que era ella.

–Es por eso que he venido.

De repente la miró.

–El señor Visconti es nuestro director.

–Él es la persona ante la que todos rendimos cuentas –dijo Lana Barleythorne, que no parecía quitarle la vista de encima–. Tiene la última palabra respecto a todos los cambios que se vayan a hacer en la cadena.

–Y me temo que este puesto ya ha sido ocupado.

Dejó de mirar a Magenta durante un breve instante y miró a sus empleados.

–Pero pensábamos... –dijo Lana. Era evidente que era su fan más incondicional.

–Es la señorita Nicholls, la última candidata –afirmó Andreas sin emoción alguna en la voz–. Ya he hablado con...

A través de una espesa nube, Magenta le oyó decir que había hablado con su gerente de marketing y que quería a la otra candidata.

–Entiendo –dijo la mujer mayor.

De repente Magenta lo comprendió todo. Él sabía que era ella desde un principio. Seguramente había visto su nombre en alguna lista.

–Señorita James... –la mujer mayor comenzó a gesticular con las manos–. ¿Qué puedo decirle? En fin, le debemos una disculpa...

Magenta se levantó de la silla.

–Sí. Creo que sí me deben una disculpa. He tenido que tomarme una mañana libre, sin sueldo, para poder venir a esta entrevista, y creo que lo menos que podían haber hecho es haberse informado correctamente. No creo que haya habido mala intención, pero, si la empresa funciona de esta manera, entonces espero que sus clientes no lleguen a sus hoteles para encontrarse con el huésped anterior todavía en la habitación. Eso es todo lo que tengo que decir.

–Señorita James.

La voz masculina y profunda provenía del otro extremo de la sala, pero Magenta hizo caso omiso. Siguió caminando, rumbo a la puerta.

–¡Magenta!

Magenta se detuvo y alzó la cabeza. Esperó un segundo antes de darse la vuelta.

–Hay otra vacante.

Ella le miró con ojos escépticos, pero él en realidad se estaba dirigiendo a las otras tres personas.

–Yo me ocupo –les dijo.

Uno a uno los empleados abandonaron la sala. La rubia Lana fulminó a Magenta con la mirada antes de salir.

–¿De qué vacante se trata? –le preguntó cuando la puerta se cerró–. ¿O acaso se trata de una estratagema para retenerme aquí?

Andreas rodeó el escritorio y se inclinó contra él. Se agarró los codos y cruzó un pie por encima del otro.

–Creo que primero deberíamos hablar.

–¿De qué? ¿Qué te parece si hablamos de por qué has arruinado mi oportunidad de conseguir un trabajo con el que contaba? ¿Qué te he hecho para que me odies tanto?

Él se rio suavemente, pero no había humor alguno en sus ojos.

–Ven y siéntate –le dijo, señalando una silla vacía.

–Prefiero quedarme de pie, si no te importa.

Se acercó un poco a él, no obstante, lo bastante como para apoyar las manos en el respaldo de la silla.

–Dime lo que hice. Ya te lo he dicho. Tengo dificultades para recordar.

–Qué conveniente.

–Es la verdad.

–Y por experiencia ambos sabemos que la verdad para ti es una cosa muy relativa.

–Salíamos... –Magenta rodeó la silla y se sentó en ella.

–Bueno, eso es más de lo que decías saber el viernes pasado. Pero, si no recuerdo mal, hicimos mucho más que eso.

Una vorágine de imágenes la asaltó de repente; ropa que caía al suelo, besos devoradores, cuerpos desnudos, entrelazados...

Magenta sacudió la cabeza. Él se había levantado del escritorio.

–Estás llorando –le dijo, acercándose. Siempre me gustó besarte después de que hubieras estado llorando. Tus labios estaban más húmedos que nunca, más suaves...

Magenta se dio cuenta de que su voz se había vuelto más grave. Esas imágenes sensuales volvían a atormentarla.

–No estoy llorando. Estoy molesta, enfadada. Me siento humillada. Pero no estoy llorando. Si quieres hacerme daño, es tu problema, no el mío. Pero, para que conste, ¿para qué me dices eso? ¿Es tu manera indirecta de decirme que consigues lo que quieres conmigo?

–No fui yo quien te hizo daño en el pasado y, desde luego, no hice nada para hacerte llorar, excepto en la cama.

–Tu familia me odiaba.

–Mi familia.

–Sobre todo tu padre.

–Y tenía motivos, creo. Al final resultó que los tenía.

Magenta quería preguntarle por qué. Quería saber qué le había hecho para que la odiara tanto.

–¿Cómo está? Tu padre.

–Mi padre está muerto.

Por la forma en que había hablado, parecía estarle diciendo que ella había tenido algo que ver.

–Está muerto –repitió–. Te hubieras enterado si no hubieras estado demasiado ocupada labrándote un nombre en el mundo de la moda.

–Oh, sí que me labré un nombre, Andreas. Pero no fue un nombre halagador. Sin embargo, imagino que pensarías que me merecía lo que tu abuela me llamó, ¿no?

Quería preguntarle qué le había pasado a su padre, pero era demasiado cobarde. Bajó la cabeza y la escondió entre las manos. Una súbita visión se presentó ante sus ojos.

Eran láminas de vidrio y luces fluorescentes donde antes había cortinas a cuadros rojos y blancos y velas en las ventanas. Era el Internet café que habían abierto donde antes estaba el pequeño restaurante. Un par de años antes había pasado por allí, sin saber por qué había ido a parar a ese lugar.

Mientras la observaba, Andreas frunció el ceño, y entonces recordó lo buena actriz que era.

—Me temo que no me vas a conmover con semejante despliegue de lágrimas de cocodrilo.

Magenta levantó la cabeza en ese momento. Tenía oscuras ojeras bajo los ojos.

—¿Te encuentras bien? —le preguntó él.

—Sí. Estoy bien.

—No. No lo estás. Creo que deberías venir conmigo.

La hizo levantarse de la silla sin darle tiempo a pensar.

—¿Adónde vamos? —le preguntó al tiempo que entraban en un ascensor del vestíbulo.

—Como te he dicho antes, tenemos que hablar —dijo Andreas, poniendo en marcha el ascensor.

Magenta se alejó de él todo lo que pudo dentro del limitado espacio del ascensor. Una sonrisa disimulada se dibujaba en los labios de Andreas. Era como si supiera exactamente por qué había hecho eso.

—Y, tal y como te he preguntado yo, ¿de qué tenemos que hablar? —Magenta podía sentir cómo acudía la sangre a sus mejillas—. No hay ninguna otra vacante, ¿verdad? Solo querías que me quedara para poder burlarte de mí por lo que crees que te hice en el pasado. Adelante. ¡Échalo todo fuera!

Él se rio sin más. Su risa parecía tan controlada y

calculada como todo lo demás en él. De repente extendió el brazo y le agarró una punta del foulard. Lo enroscó alrededor de un dedo y la atrajo hacia sí.

–¿Esto está de moda? –tiró de la fina seda–. ¿O te lo pones para esconder las huellas del apetito carnal de tu amante actual?

–¿Cómo te atreves? –Magenta intentó apartarle, pero sus manos estaban atrapadas dentro de las de él. Estaba acorralada contra la dura pared de su pecho.

–Sí. Sí que me atrevo –dijo. Sus labios se detuvieron a un milímetro de los de ella.

Había una oscura emoción insondable en su mirada. Magenta no fue capaz de mirarle a los ojos. El aire se le escapaba de los pulmones.

Uno de los dos fue el primero en dar el paso, pero ninguno supo muy bien quién había sido. De repente sus bocas se unieron furiosamente. Magenta deslizó las manos alrededor de su cuello y dejó que él la agarrara de la cintura.

Volvía a tener diecinueve años por un instante y se reía con él. Su corazón ardía por dentro, henchido de libertad y emoción. Pero él no se reía con ella. Se reía sola. El peso del remordimiento y la vergüenza eran demasiado grandes.

Gimiendo, Magenta se llevó una mano a la boca para contener otro ataque de náuseas. No era ese beso devastador lo que la hacía sentir tanto desprecio por sí misma.

–Discúlpame por pensar que querías lo mismo que yo. Siempre te gustaron mis caricias, incluso cuando te acostabas con otro.

Aunque sus palabras fueran inmerecidas, Magenta no puedo evitar desear acariciar ese rostro hermoso.

–Ni lo pienses –le aconsejó él. Su respiración era tan errática como la de ella.

Por suerte el ascensor se abrió en ese momento. Magenta no necesitó que Andreas la ayudara a salir.

–¿Dónde estamos? –le preguntó por encima del hombro.

Antes de que él le contestara, se dio cuenta de que estaban en el último piso del edificio. Enormes ventanales de cristal ofrecían la mejor panorámica posible de la bulliciosa capital.

–No te encuentras bien –comentó Andreas, pasando por su lado. Introdujo un código de seguridad para abrir la puerta de una suite de ejecutivo–. Ya sea por la fatiga o porque no estés comiendo bastante, no quería que te desmayaras ahí abajo.

–Gracias –respondió Magenta en un tono áspero. Su respiración seguía siendo irregular tras la inquietante situación que había tenido lugar en el ascensor.

Andreas la invitó a entrar en el lujoso despacho. Magenta silbó.

–¿Pero qué hiciste? ¿Ganaste la lotería o algo así?

Por muy escasos que fueran sus recuerdos, no era capaz de comprender que el hijo de un humilde restaurador hubiera podido llegar a convertirse en el director general de una exclusiva cadena de hoteles.

–Ya sabes que es poco probable que alguien como yo deje algo al azar.

«Muy poco probable, por no decir imposible».

Las palabras se presentaron en su memoria de repente. Parecía que había sido algo que ella misma le había dicho cuando él le había planteado lo que quería hacer con su vida.

–Creo que deberías tomarte un brandy –le aconsejó él, dirigiéndose hacia el mueble situado en el otro extremo de la estancia.

—Yo no bebo. Sé lo que pasa cuando la gente bebe.

Él asintió, recordando a su madre.

—En ese caso, voy a pedir café —Andreas agarró el teléfono e hizo el pedido—. Siéntate.

Magenta permaneció de pie, pensando en el joven cuyas manos le habían atraído tanto aquel día en el restaurante, cuando le había puesto la taza de café delante. El nuevo Andreas ni siquiera tenía que servirse él mismo su propio café.

—¿Qué pasó, Andreas? Sé que tienes muchas ganas de decírmelo. De lo contrario no me habrías traído aquí.

—No tienes nada que temer, si estás pensando lo que creo que estás pensando. No tengo pensado tomarme tantas molestias con una mujer que ha mostrado tanta repugnancia a mis besos. El número te quedó muy bien, aunque los dos sepamos que no fue más que eso, un número, puro teatro... Tuve un golpe de suerte. Un tío al que no conocía murió de repente y me dejó tres restaurantes situados entre Nápoles y Milán.

—Entonces, ¿crees en la suerte? —le preguntó Magenta, recordándole lo que le había dicho un momento antes.

—Sí, pero hace falta aprovechar la suerte que se tiene y hacer que las cosas ocurran.

—Y tú lo hiciste, ¿no?

—Fue un trabajo agotador, a contrarreloj. Tuve que cambiar por completo esos restaurantes y después abrí más en los Estados Unidos, donde viví hasta hace un año. Fue necesario hacer inversiones y remodelar una serie de pequeños hoteles. Eso me llevó a cosas de mayor escala y al final terminé aquí. Nada es imposible si estás dispuesto a trabajar duro.

—Sin duda es mejor que rentabilizar los atributos físicos, ¿no? Quieres acusarme de eso.

Andreas le dedicó una mirada seria. Cruzó la estancia y se detuvo frente a ella.

—Háblame de tu hijo. No debe de ser fácil criar a un hijo sola.

Sus palabras desencadenaron algo aún innombrable, escurridizo. Sin embargo, lo que permaneció en la mente de Magenta fue un miedo aplastante y demasiado real.

—¿Qué... qué quieres saber? —bajó la vista.

—¿Rushford te dejó antes de que dieras a luz?

—Si eso te hace sentir más listo que nadie, adelante, créelo.

Andreas hizo una mueca sarcástica.

—Entonces... ¿Rushford ve a su hijo alguna vez?

—Se llama Marcus. Y, no. No ve a Theo nunca.

—¿Qué? ¿Nunca?

—Nunca. Nunca ha habido otra vacante, ¿no? Bueno, ahora que ya me has enseñado lo bien que te va... —se puso en pie rápidamente—. Y que has confirmado que todos esos rumores que oíste sobre mí son ciertos, me voy a mi casa... Esta no era la única entrevista de trabajo que tenía hoy.

Antes de llegar a la puerta, le oyó hablar.

—Mentirosa.

Magenta se dio la vuelta. Su arrogancia le dejaba sin palabras.

—No he llegado aquí sin averiguar un par de cosas sobre la naturaleza humana —le dijo, moviéndose hacia ella con la seguridad de un hombre que sabía que tenía razón–. Una mujer no suele venirse abajo cuando pierde la posibilidad de un empleo si tiene otra carta guardada debajo de la manga y si no ha puesto todas sus expectativas en un trabajo que tal vez esté un poco por encima de sus posibilidades. Pero tú te viniste abajo antes.

¿Era eso lo que pensaba de ella? ¿Pensaba que no estaba cualificada para el trabajo?

–¡Yo no he hecho eso! Y no me vine abajo, pero a ti te gustaría pensar que fue así. Claro.

–¿No te viniste abajo? –una sonrisa se empezaba a formar en sus labios–. Pareces olvidar que te conozco. Aunque has hecho todo lo que has podido desde el viernes pasado para hacerme creer que sufres una especie de pérdida de memoria, te conozco bien, Magenta. Muy bien. Conozco ese brillo que tiene tu mirada cuando me estás desafiando. La expectativa de venganza te ilumina la cara.

A medida que hablaba, avanzaba hacia ella.

–Y aparte de esto –añadió, deteniéndose a unos pocos centímetros de ella–. Casi estabas temblando antes, igual que ahora.

Magenta hubiera querido decirle que se equivocaba y que todo lo que le había dicho no era sino producto de su enorme ego, pero no podía hacerlo porque era una mentira.

–Adiós, Andreas.

Él se paró frente a la puerta rápidamente y le impidió la salida.

–¿De verdad crees que te pedí que subieras aquí para divertirme contigo?

–No me lo pediste.

–Muy bien, te traje sin más. Pero en el momento no parecías capaz de lidiar con nada más.

Magenta tragó en seco y dio un paso atrás.

–¿Quieres llegar a algún sitio en particular?

Andreas esbozó una sonrisa y caminó a su alrededor.

–Ah, la misma Magenta de toda la vida, la que siempre va al grano...

–Tengo prisa.

–Claro. Tienes más entrevistas. Sin embargo, a pesar de todas tus acusaciones y sospechas, sí que hay otro puesto vacante en la empresa.

–¿Ah, sí? –el corazón de Magenta dio un salto de esperanza.

–Hay otra asistente personal que se va a tomar una excedencia. Al parecer, va a ser antes de lo que esperábamos y todavía no hemos encontrado a nadie adecuado para el puesto.

–¿Y me lo estás ofreciendo?

–¿Por qué te sorprende tanto, Magenta? Tu currículum parece prometedor, y aunque no tengas mucha experiencia, dice que tienes disponibilidad inmediata. La asistente de la que te hablo se va a tomar la excedencia para cuidar de su madre después de las operaciones a las que se va a someter y estará fuera de cuatro a cinco meses. Es la persona que me acompañaba el otro día en el bar, esa chica a la que mirabas con disimulo. Yo quería convencerla para que no se fuera tan pronto, pero se trata de una causa de fuerza mayor. En resumen, Magenta, trabajarás para mí.

Magenta dejó escapar una carcajada nerviosa a medio camino entre la incredulidad y la sorpresa.

–Dime que es una broma.

–Yo nunca bromeo cuando se trata de trabajo.

–¿Por qué? ¿Por qué ibas a querer contratarme si no te caigo bien?

–Ya sabes... Yo mismo me he hecho esa pregunta.

Se acercó a ella. Estaba lo bastante cerca como para sujetarle la barbilla con el pulgar y el índice. Su calor corporal abrasaba la piel de Magenta.

–¿Y?

Él se encogió de hombros.

–Necesito una asistente. Tú necesitas un trabajo.

–Tenía un trabajo, o estuve a punto de tenerlo, hasta que llegaste tú y me lo quitaste.

Él se apartó bruscamente.

–Bueno, a lo mejor es que albergo una necesidad masoquista de hacerte trabajar para mí.

–¿Para poder recordarme todos los días lo mal que te traté?

Andreas se rio con sarcasmo.

–Pensaba que te lo había dejado todo claro cuando te vi el viernes pasado. Lo que hiciste en el pasado no ha dejado una huella imborrable.

–Bueno, mucho mejor entonces, ¿no? –dijo Magenta–. ¿Y quieres contratarme después de haber insinuado que no estaba cualificada para ese trabajo de administración? Está claro que este puesto implica una responsabilidad mucho mayor, y tú ya me has dicho que me falta experiencia. ¿Qué te hace pensar que cumpliré con todas tus expectativas?

–Oh, las cumplirás, Magenta. De eso puedes estar segura.

Había algo en su mirada que la hizo estremecerse.

–Bueno, gracias, pero no –le dijo, apartándose.

–¿Vas a marcharte sabiendo que tienes que pagar el alquiler y que ni siquiera tienes los recursos necesarios para renovarlo?

Magenta se dio la vuelta de golpe. Las lágrimas

que había intentado contener durante tanto tiempo asomaban en sus ojos.

—¿Cómo sabes todo eso?

—Me lo acabas de confirmar. Pero, aparte de eso, uno de los compañeros que asistió a tu primera entrevista mencionó la carta que pediste.

—¿La carta? —de repente se dio cuenta de lo que le estaba diciendo.

En esa primera entrevista no había hecho más que el ridículo. Había sido tan ingenua como para creer que le estaban ofreciendo el trabajo, y el entusiasmo prematuro la había llevado a pedirles una carta formal de oferta de trabajo a los entrevistadores para entregársela al gestor de su casero.

—¿Entonces decidiste aprovecharte de mi desgracia?

—Te estoy ofreciendo un trabajo.

—No es la clase de trabajo que estoy dispuesta a aceptar.

—Al contrario, Magenta. Creo que aceptarás cualquier trabajo que puedas conseguir. Y debo añadir que no soy yo quien está insinuando algo inapropiado. Eres tú quien lo hace.

—¿Tú no?

—No. Y no sé por qué te indignas tanto y haces tanto alarde de falsa modestia. No sería la primera vez que te vendes al mejor postor.

—¡Yo jamás he hecho algo así! ¡Nunca! Y no me voy a vender ante ti, Andreas.

Andreas guardó silencio, y entonces llamaron a la puerta. Era el servicio.

—Bueno, ya veremos, ¿no? —le dijo finalmente.

Ambos sabían que no tenía elección.

Capítulo 3

MAGENTA se despertó de golpe, sudando y temblando. Había soñado que buscaba algo y que ni siquiera sabía qué era.

Había estado llorando mientras dormía por algo que había perdido y que quería recuperar desesperadamente, pero no era algo tangible. Tenía que ver con Andreas... Estaba tumbada en la cama. Nada más llegar a casa tras la entrevista se había acostado, agotada y sin fuerzas. Había recordado tantas cosas; el restaurante, su padre, su abuela... Incluso había llegado a revivir pequeños momentos de aquella tempestuosa relación que habían tenido. Sin embargo, aún quedaban fragmentos por descubrir. ¿Por qué se había vuelto en su contra? ¿Por qué la odiaba tanto? ¿Y por qué estaba tan convencida de que Marcus Rushford era el padre de su hijo?

«Piensa, piensa».

Se quedó en la cama un rato e hizo un esfuerzo por recuperar la información, pero fue imposible. Finalmente se levantó de un salto y entró en el cuarto de baño.

Se miró en el espejo. Su cuerpo había cambiado muy poco desde la adolescencia y eso la había hecho ganarse una atención por parte del sexo opuesto que jamás había buscado.

Entró en la ducha. La reputación de su madre tampoco la había ayudado mucho. Jamás había llegado a conocer a su padre, pero sí recordaba ese incesante desfile de hombres que entraban y salían de la vida de su madre. Su madre era incapaz de mantener una relación estable con un hombre, y eso la había llevado a refugiarse en la bebida.

La pobreza extrema siempre había acechado. Jeanette James nunca había trabajado y el colegio había sido duro para Magenta. Jamás había llegado a encajar con sus compañeros y, por tanto, no había podido hacer amigos con facilidad. La penosa situación en la que había crecido la había hecho buscar una salida con desesperación. Lo único que tenía por aquel entonces era su rostro y su figura, así que la carrera de modelo se le había presentado como una buena opción.

Sin embargo, los hombres siempre habían esperado algo más de lo que estaba dispuesta a dar, y había logrado resistirse hasta...

Mientras se enjabonaba, la imagen de su habitación apareció en su mente. La habitación se convirtió en un apartamento, muy bien amueblado, de lujo. Era el de Marcus. De repente se dio cuenta. Se había quedado allí. Había vivido allí durante un tiempo. Sacudió la cabeza para capturar los recuerdos, pero fue inútil. La memoria la eludía una y otra vez.

Sin embargo, fuera lo que fuera ese recuerdo, definitivamente entraba dentro de un período muy concreto: los diez meses anteriores a aquel día extraño cuando su madre la había encontrado en el suelo en el cuarto de baño. Habían pasado más de cinco años.

Su móvil estaba sonando. Magenta salió de la ducha a toda prisa y lo tomó del alféizar de la ventana.

–Hola, cariño.

Una emoción enorme la embargó al oír la voz de su pequeño.

–La tía Josie me dijo que te preguntara si habías conseguido el trabajo.

No había hablado de otra cosa durante semanas, así que no era de extrañar que el niño se lo recordara. Se puso el albornoz. Le había prometido unas botas nuevas para jugar al fútbol y un edredón de *Thomas y sus amigos*.

Magenta se estremeció. ¿Qué hubiera hecho si Andreas no le hubiera ofrecido ese puesto temporal que finalmente había aceptado?

–Dile a la tía Josie que no acepté ese porque conseguí otro mucho mejor –intentó hablar con entusiasmo, pero por dentro sentía algo muy distinto.

No había tenido más remedio que aceptar el trabajo. No tenía elección. Aunque aún sintiera una peligrosa atracción por él, no podía hacer otra cosa.

Había quedado en recogerla el lunes por la mañana. Una cortina del piso superior se movió cuando se detuvo delante de una vieja casa adosada de los setenta. Había dos timbres junto a la puerta de entrada, lo cual indicaba que habían convertido la vivienda en dos apartamentos independientes.

Al bajar del coche, la vio. Estaba cerrando la puerta interior de la casa. Llevaba el pelo suelto esa mañana. En otra época había enredado los dedos en su cabello brillante... Llevaba un toque de brillo de color rosa en los labios y se había puesto una falda negra ceñida acompañada de una chaqueta muy bien entallada.

—Ya veo que quieres causar una buena impresión, ¿no? —le preguntó, observándola. Se había apoyado sobre el capó del deportivo plateado.

—No. Es que no me gusta hacer esperar a nadie.

—Gracias.

Magenta pasó por su lado mientras hablaba, sin mirarle a los ojos. Pasó lo bastante cerca como para dejarle oler su perfume, sutil, pero sensual. Llevaba un pequeño colgante de ébano sujeto a un collar rígido.

Siempre llevaba algún tipo de accesorio o pañuelo y Andreas no podía evitar preguntarse por qué. En el pasado los llevaba cuando se trataba de una ocasión especial, pero siempre se los quitaba nada más llegar a casa. Decía que las joyas la asfixiaban.

—Pensaba que tendría oportunidad de conocer a tu hijo esta mañana —le dijo, arrancando el coche.

Magenta miraba el habitáculo del coche con discreción, como si no pudiera creerse aún que las cosas pudieran haberle ido tan bien.

—No. Estará fuera un par de semanas.

—¿Con tu madre? ¿Cómo está, por cierto?

Magenta le dedicó una mirada desafiante. Su madre nunca había sido santo de su devoción.

Jeanette James se había presentado un día en el restaurante bajo los efectos del alcohol y había acusado a la abuela de Andreas de hablar mal de su hija.

—Está bien. Vive en Portugal con su pareja —le dijo, sin darle más detalles.

No tenía por qué contarle que a su madre le iba mucho mejor gracias al hombre que había conocido tres años antes, un pintor de brocha gorda al que había contratado.

—Theo estará un par de semanas con mi tía abuela. Se lo ha llevado a la casa de su hijastra en Devon. Tienen niños de la misma edad.

—No sabía que tuvieras una tía —Andreas estaba aminorando la velocidad para dejar pasar a otro vehículo, pero la miró un instante al ver que vacilaba.

—Que no te haya hablado de ella no quiere decir que no exista.

—¿Es la tía de tu madre?

—Supongo, porque no tengo ni idea de quién fue mi padre.

—Entonces, ¿más bien es como tu abuela?

—Sí.

—Y supongo que ya tendrá unos cuantos años, ¿no?

—¿Qué significa eso?

—Significa que no sé si es justo que una persona de esa edad tenga que hacerse cargo de un niño pequeño, sobre todo de uno de cinco años. ¿Tiene ella hijos? ¿Sabe cuidar de un niño?

—Debería. Le crió durante la... —Magenta se detuvo de golpe.

—¿Qué, Magenta? ¿Cuánto tiempo la dejaste criar a tu hijo?

Magenta miró por la ventanilla, cada vez más tensa. Sus uñas se clavaban en el suave bolso de cuero que tenía sobre el regazo.

—¿Adónde vamos?

Magenta se dio cuenta de que no se dirigían hacia la oficina. Él acababa de entrar en un desvío que llevaba directamente a la autopista.

–Te llevo a casa porque tengo cosas en mi agenda que tengo que repasar contigo.

–¿A casa? –Magenta tragó con dificultad, preguntándose dónde viviría exactamente–. Por encima de mi cadáver.

–Eres mi asistente personal y tienes que hacer lo que te digo. ¿O es que no sabías que esa era una de las condiciones del empleo?

Magenta se mordió la lengua para no humillarse más ante él.

–Por supuesto, señor –dijo con sarcasmo.

El coche cruzó un portón doble. Al otro lado había una mansión espectacular. Era una casa blanca, moderna, de estilo georgiano. Las líneas eran limpias y la simetría perfecta. La puerta principal era arqueada y estaba situada en el centro de la estructura. El camino privado daba acceso a unos jardines impecablemente cuidados que se perdían en el bosque. Magenta incluso llegó a atisbar unas canchas de tenis a un lado de la construcción.

–¿Esto es... tuyo?

–No está mal, ¿no? Para un chico que nunca iba a llegar a nada.

¿Era eso lo que le había dicho? Magenta no se creía capaz de haberle dicho algo semejante.

–Y veo que estás disfrutando mucho restregándomelo todo en la cara.

–Vamos.

Abrió la puerta principal y la hizo entrar. Era una casa llena de luz, espaciosa. Los muebles eran exclusivos y había obras de arte por todas partes. Tanto en el amplio vestíbulo como en el salón, los objetos de plata relucían a la luz del sol de la mañana, que entraba a borbotones por los enormes ventanales. Había un arreglo floral de rosas en un jarrón situado en el centro de una mesa de estilo Regencia.

–Son mis flores favoritas.

Un aluvión de imágenes se presentó en su mente de repente. Eran tan vívidas que la hicieron perder el equilibrio momentáneamente. Tuvo que agarrarse del respaldo de una de las sillas para no caerse. Cada vez que tomaba el aliento, sus pulmones se llenaban de ese aroma envolvente que la hacía recordar. Andreas le había dado flores en una ocasión. Eran esas mismas rosas. Las había tomado del jardín de su abuela.

Levantó la vista y le sorprendió mirándola. Sus ojos resplandecían. Había una oscura llamarada en ellos. Magenta se fijó en los cuadros, aparentemente originales, que colgaban de las paredes.

–Mira todo lo que quieras –le dijo Andreas–. Sé que quieres echar un vistazo.

–¡Maldito seas! –dijo Magenta de pronto. Las palabras se le habían escapado de la boca. La frustración que sentía ante su actitud era insoportable.

–¿Por qué? –le preguntó él, avanzando hacia ella–. ¿Porque no quise quedarme en la situación miserable en la que me conociste? ¿Por tener las agallas de llegar hasta lo más alto?

–No te imagino sacando agallas para llegar hasta lo más alto, Andreas. Te imagino luchando, en un sentido metafórico, o matando a cualquiera que se pusiera en tu camino.

Andreas se rio. Extendió una mano y le sujetó la barbilla.

Se hizo el silencio. La atravesaba con la mirada.
El tic-tac del reloj seguía su curso. De pronto deslizó
los dedos sobre su cuello y agarró el collar rígido que
llevaba alrededor de la garganta.

—Quítatelo —le dijo.

—No —Magenta puso su mano sobre la de él. Intentó apartarle.

—Hace seis años no tendría que habértelo pedido.

—Hace seis años éramos personas completamente distintas.

—¿En serio? ¿Realmente la gente cambia tanto?
—le preguntó, acariciándola por debajo del cabello.

Su mirada la abrasaba.

—Tú has cambiado —le dijo ella.

—Sí, bueno... —su teléfono comenzó a sonar en ese momento.

Se lo sacó del bolsillo y se apartó rápidamente.

Magenta esperó junto a la ventana.

—Andreas... —comenzó a decirle cuando le oyó terminar de hablar—. Solo porque me haya dejado llevar
el otro día en el ascensor no pienses que... —se detuvo.
Las palabras la traicionaban.

—¿Qué? —le preguntó él. Su rostro era una máscara
llena de interrogantes.

—No pienses que soy una chica fácil.

Andreas dejó escapar una de esas risotadas sexys
que tan bien le caracterizaban. La recorrió de arriba
abajo con la mirada y entonces la sorprendió tomándola de la mano. Le abrió los dedos uno a uno. Las
uñas le habían dejado marcas en la piel.

Comenzó a besar cada una de las marcas.

—Te prometo que no haré nada que no quieras que
haga —murmuró—. Bueno, ahora vamos a trabajar.

En cuestión de unos segundos volvió a ser el director de la empresa y empezó a hablarle tal y como le hablaba a cualquiera de los empleados.

Magenta pasó la mañana revisando su agenda, fijando y confirmando reuniones por teléfono, organizando archivos y clasificando la correspondencia.

–¿Qué te hizo estar tan seguro respecto a mis... circunstancias? –le preguntó vacilante mientras tomaba un café.

La bebida se la había servido el ama de llaves, una señora de mediana edad que sonreía con facilidad.

–Podría haberte pedido esa carta simplemente porque... bueno, porque tuviera la idea de mudarme a una casa nueva y más cara.

Andreas le lanzó una mirada que hablaba por sí sola. Si hubiera tenido tanto dinero, no hubiera tenido necesidad de mantener dos trabajos.

–Siempre me gusta tener toda la información posible sobre la gente con la que tengo intención de trabajar.

–Entonces, ¿tenías intención de incorporarme a la plantilla, incluso antes de llegar a la entrevista final?

Andreas se aflojó la corbata. Agarró su taza de café.

–Como te dije, no me gusta dejar nada al azar.

–¿Eso lo sabías el viernes, cuando nos encontramos en el bar?

–No tenía ni idea. No supe que eras una de las candidatas hasta que vi tu nombre en la lista el lunes.

–Entonces, ¿cómo te enteraste de mi situación? ¿Tienes poderes especiales?

Andreas se terminó su café.

–Ni siquiera yo tengo esa habilidad tan particular.

–Entonces, ¿cómo? –le preguntó Magenta, terminándose una galleta.

–No importa –Andreas se echó hacia atrás en su silla–. Lo que importa es que estás aquí.

–Sí que importa. Esa información era confidencial –Magenta puso su taza sobre la mesa–. Quien te lo dijo no tenía derecho a compartir la información.

–A lo mejor no, pero he descubierto que en este mundo cualquiera te dice cualquier cosa si les das algo que quieran a cambio. Y tus caseros no son una excepción.

–¿Les chantajeaste?

Andreas dejó escapar una carcajada.

–Ya veo que tienes una opinión terrible sobre mí.

Magenta le miró fijamente.

–No creo que sea mejor que la opinión que tienes tú de mí. ¿Qué hiciste? ¿Les llamaste y les preguntaste cuál era la situación del piso que tiene el letrero de «se alquila» en la puerta?

Andreas guardó silencio. Estiró los brazos y entrelazó las manos por detrás de la cabeza.

–No tienes escrúpulos.

–¿Y tú sí?

–Lo que hice, y que te parece tan mal, lo hice con diecinueve años. Y, a pesar de lo que crees, la gente sí que cambia.

–En ese caso, estoy deseando conocerte mejor en estos próximos meses.

Definitivamente había algo distinto en Magenta. Andreas estaba junto a la ventana, esperando una llamada. Cuando antes la recibiera, antes podría bajar al jardín y reunirse con ella.

Aquella chica que se retocaba el maquillaje y se

tocaba el pelo constantemente había desaparecido. Había algo extraño en ella, algo que no era capaz de identificar...

La llamada tardó en llegar. Cuando por fin pudo ir a buscarla, ella ya estaba de vuelta en el vestíbulo.

—Mi abuela —le dijo, al ver que se fijaba en el cuadro que estaba colgado encima de una de las mesas de estilo georgiano—. Cuando era joven.

—Era preciosa.

—Sí.

—¿Todavía está...?

—No. Murió el año pasado en Italia, a los ochenta y nueve años. Siempre fue una mujer sana. Jamás estuvo enferma.

—Lo siento, y lo de tu padre también.

—Sí —Andreas soltó el aliento—. Yo también.

—¿Qué pasó?

—Tuvo un ataque al corazón.

—¿Cuándo?

—Hace seis años.

—Seis años... ¿Cuando estabas en los Estados Unidos?

—Antes de que me fuera.

Lo que no le contó fue que todo había ocurrido tan solo unas pocas horas después de la última vez que se habían visto. No le contó que habían discutido por ella.

Ella comenzó a decir algo más, pero Andreas la interrumpió.

—Mejor dejamos el pasado, ¿no?

—Voy a pasar la próxima semana trabajando en casa —le dijo Andreas cuando detuvo el coche delante de su casa esa noche–. Y como no tienes coche propio, creo que sería mejor que te quedaras allí.

Magenta le miró con incredulidad.

–No me dijiste que tendría que quedarme en tu casa cuando me ofreciste el empleo.

Andreas tiró del freno de mano y apagó el motor. Se volvió hacia ella.

–Bueno, te lo digo ahora. Tengo varias reuniones en distintos sitios y me temo que te voy a necesitar al menos en un par de ellas. Esas son las condiciones.

–¿Tu asistente, o cualquier otro de tus empleados, hace todo lo que le pides y se va a tu casa sin rechistar?

–No intentes convencerte de que no tienes elección. No te lo estoy imponiendo. Y creo que tengo que recordarte que no solo estás sustituyendo a mi asistente personal. No hagas una montaña de esto. Haz la maleta y te recojo mañana a las ocho. Me dijiste que tu hijo estaba fuera, así que no tienes que regresar por alguien, ¿no? –le preguntó. Había cierto cinismo en su voz.

–Eso no es asunto tuyo. ¿Tendré que hacer algo más?

–Sí. La semana va a ser muy calurosa, así que tráete el traje de baño.

El estómago de Magenta dio un vuelco.

No parecía que hablara del tiempo solamente.

Capítulo 4

A LAS ocho de la mañana del día siguiente un coche con chófer apareció en la puerta de Magenta. Era muy grande, con las ventanillas tintadas. Los vecinos se pondrían a cuchichear.

—El señor Visconti tiene una cita a primera hora y no llegará hasta más tarde, pero yo la llevaré a la casa para que se acomode antes de que él llegue —le dijo el hombre uniformado que acababa de llamar a su puerta.

—Gracias —dijo Magenta, entrando en el coche.

Era todo un lujo viajar así, pero ya empezaba a sentirse como la amante de un hombre rico. Seguramente era eso lo que él quería hacerla sentir.

El panel que separaba la cabina del conductor de la parte de atrás del coche estaba subido. Magenta llamó rápidamente a su tía.

Fue Theo quien contestó.

—Hola, cariño —le echaba mucho de menos y se lo dijo, sin darle demasiados detalles—. No te vas a creer en qué coche voy en este momento.

—Cuidado, mi niña —le dijo su tía cuando tomó el teléfono y Magenta le contó que iba a trabajar en la casa de su jefe durante unos días—. Sé que me dijiste que le conoces de hace años, pero... bueno, no deja de ser un hombre... y por lo que me has contado parece que es muy guapo y apetecible.

–No tienes que preocuparte por mí, tía Josie –le aseguró Magenta. Podía trasmitirle confianza a su tía, pero no era capaz de convencerse a sí misma.

Podía ver a su tía abuela, con su pelo canoso y alborotado, con ese delantal que siempre llevaba. «El hogar está donde está el corazón», decía. Magenta se lo había regalado las Navidades anteriores y desde entonces nunca se lo quitaba, ni siquiera cuando iba a visitar a su hijastra.

–Ya te has preocupado mucho durante los últimos cinco años. Además, ya soy perfectamente capaz de cuidar de mí misma.

–Pero todavía me preocupo, sobre todo cuando mi sobrina favorita se enreda con un hombre que es rico y lo bastante cautivador como para conseguir cualquier cosa que quiera.

Magenta se rio, pero su ceño se fruncía cada vez más. Le había dicho a la tía Josie que conocía a Andreas del pasado, pero nadie tenía por qué enterarse de que habían sido amantes. No quería que nadie tuviera que compartir su humillación cuando la echara a la calle de nuevo, cosa que haría más tarde o más temprano.

La suite de habitaciones a la que la hicieron pasar cuando llegó a la mansión estaba amueblada a todo lujo, al igual que el resto de la vivienda. El dormitorio tenía tres ventanas desde las que se divisaba el extenso jardín y las infinitas hectáreas de campo que se extendían más allá. La suave brisa que entraba por las ventanas estaba cargada de un aroma a rosas rojas

que a veces se entremezclaba con el de la madreselva.

Podría haberse quedado allí sentada todo el día,
pero sabía que tenía cosas que hacer, así que se fue
al estudio. Andreas aún no había regresado, así que
entró en el despacho más pequeño y se puso a trabajar, organizando archivos y clasificando la correspondencia.

Andreas apareció mientras hablaba con un asesor
de la zona acerca de la legislación urbanística por la
que se regía la construcción de un nuevo hotel.

—¿Cuánto tiempo llevas aquí? ¿Desde las tres de
la mañana?

Parecía verdaderamente impresionado. Se acercó
y comenzó a examinar las cartas y los correos elec-
trónicos que ella había impreso para archivar.

—Solo estaba haciendo mi trabajo —murmuró ella,
dándose la vuelta en su silla giratoria con una hoja
impresa que acababa de salir de la impresora.

—En ese caso creo que ya has hecho suficiente por
esta mañana. Hay veintisiete grados ahí fuera y casi
es la hora de comer. Creo que ya es hora de darse un
baño en la piscina.

—Si no te importa, prefiero terminar con este correo —le dijo Magenta, intentando ignorar la respuesta
de su propio cuerpo ante la presencia de Andreas.

Ese día llevaba una camisa blanca de manga corta,
una corbata y unos pantalones grises.

—El correo puede esperar. Ve a cambiarte. ¿O es
que no hiciste lo que te dije? ¿No te has traído el traje
de baño?

—Hice aquello con lo que me sentía más cómoda.
Sí. Sí que he traído un traje de baño.

–Entonces, ¿me concedería el honor, señorita James, de darse un baño conmigo en la piscina? –le hizo una reverencia.

–No vayas tan rápido –Magenta se puso en pie y echó a andar hacia la puerta.

–Y... Magenta...

Ella se giró y le miró por encima del hombro.

–Quítate ese pañuelo.

No era más que un fino foulard de seda color crema, pero estaba claro que le molestaba mucho.

–Quítatelo. De lo contrario, tendré que quitártelo yo mismo.

Andreas ya estaba en la piscina cuando Magenta bajó de nuevo. El agua le llegaba hasta el pecho y estaba de cara al sol, apoyado sobre los azulejos de mármol que tenía detrás. Tenía los ojos cerrados y, sin embargo, era capaz de sentir su presencia. Abrió los ojos lentamente.

La había visto desnuda antes, pero los años no habían logrado apaciguar el deseo que sentía por ella. Se había dado cuenta en el bar, y después en el ascensor, cuando no había sido capaz de contener lo que le hacía sentir. Pero nunca la había deseado tanto como la deseaba en ese momento. Su traje de baño, blanco como la nieve, tenía una sección semitransparente en el escote que formaba una tentadora «V» sobre su pecho. El tejido elástico del bañador acentuaba su cintura estrecha y sus caderas bien contorneadas.

–Bueno, ¿vas a meterte en el agua o no?

Magenta se deslizó con suavidad por el borde de la piscina y entró en el agua.

—Ya veo que no has perdido tu toque personal —le dijo él, observándola mientras nadaba y admirando la gracia con la que se movía en el agua.

—¿Esperabas otra cosa? —ni siquiera se volvió hacia él al pasar por su lado.

—Contigo aprendí a no esperar nada hace mucho tiempo.

—¿Nada?

—Nada excepto decepción y...

—¿Y qué, Andreas? —Magenta siguió nadando—. ¿Dolor?

—¿Dolor? —la risa de Andreas rompió la paz soleada de aquel día perfecto. Echó a nadar detrás de ella—. No era nada tan sentimental. Iba a decir «deseo».

—¿Deseo? —Magenta había llegado hasta el borde de la piscina. Se agarró de los azulejos y se volvió hacia él.

—Sexo, si lo quieres en su definición más básica.

—No.

—¿Por qué no? —no tardó en alcanzarla. Nadaba más rápido que ella—. ¿Me vas a negar que no sentías lo mismo por mí que yo por ti? O incluso algo más. Tu apetito era insaciable cuando estabas en mis brazos.

Magenta ya no pudo aguantar más las ganas. Levantó la mano para abofetearle, pero se arrepintió de haberlo hecho en cuanto vio el agua que corría por su rostro tras la salpicadura.

—Entonces, ¿quieres jugar duro estos días? —le preguntó él, dándole un empujón que la lanzó hacia atrás en el agua.

Riéndose, fue tras ella y la agarró antes de que pudiera salir de la piscina.

—¡No!

—¿Por qué fingiste que no me recordabas aquel día en el bar, Magenta? ¿Qué querías conseguir?

—Nada. Nada. Solo quería que te fueras lo antes posible.

—¿Que me fuera?

—¿Que me fuera? ¿Tanto te disgustaba la idea de hablar conmigo?

A Magenta se le metió el agua en los ojos. Se la quitó con las manos, se puso de puntillas y le dio un beso allí donde le había golpeado. Nada más hacerlo, no obstante, se dio cuenta de que había sido un error. Él la besó en los labios, rodeándola con los brazos.

Una alarma se disparó en la mente de Magenta. Tenían que parar. Era una locura.

Estaba redescubriendo su cuerpo con las manos y los labios y Magenta los recibía como si fueran una parte perdida de su propio cuerpo.

—¿Cómo te quitas esto? —le preguntó, tirando del cierre que tenía en la nuca. Solo tenía que abrirlo y la tendría desnuda en sus brazos.

De repente Magenta se acordó de Theo. Comenzó a forcejear y se zafó de él. El miedo de perderle era más fuerte que nada.

—¡No!

Echó a nadar hacia un lado de la piscina. Cuando Andreas la alcanzó ya había salido del agua.

—¿Qué te pasa, Magenta? ¿A qué juegas?

—No juego a nada.

—¿Disfrutas poniendo a cien a los hombres para después dejarles con la miel en los labios, tal y como hiciste conmigo? ¿Es eso lo que hiciste con Rushford? ¿Es eso? ¿Es por eso que ya no pudo aguantar más?

Magenta sabía que nada estaba más lejos de la realidad.

—Oh, olvídate de él, ¿quieres?

Andreas esbozó una media sonrisa.

—Ojalá pudiera, pero lo siento, cielo. Los malos recuerdos no desaparecen así como así. Y no has contestado a mi pregunta. ¿Le trataste igual, aunque estuvieras embarazada de él?

El reflejo del sol sobre el agua era como un láser que incidía sobre su cabeza. De repente oyó un gemido y se dio cuenta de que provenía de sus propios labios. Un segundo más tarde la vegetación que rodeaba la piscina se rompió en mil pedazos y los azulejos de color índigo dieron contra su rostro.

Cuando volvió a abrir los ojos estaba tumbada en una cama.

Era la de Andreas.

Se incorporó rápidamente, pero la cabeza le empezó a dar vueltas nada más hacerlo. Tuvo que volver a tumbarse de inmediato.

—Tómatelo con calma —oyó la voz de Andreas sobre el hombro derecho—. Te desmayaste y pensé que era mejor meterte dentro.

—¿Cómo te sientes?

—No muy bien —admitió Magenta, haciendo una mueca.

Todavía llevaba el traje de baño, pero él le había puesto un albornoz encima. Olía a su colonia.

—Debe de haber sido el sol.

—Puede ser, pero no lo creo. A lo mejor es que te has acostado demasiado tarde. O tal vez es que no te has cuidado como debes últimamente.

—¿Qué? ¿Qué quieres decir? ¿Qué me estás diciendo? –le miró fijamente–. ¿Crees que ando por ahí de fiesta todas las noches?

–Lo que quería decir era que te he subido en brazos y, a juzgar por lo que pesabas, no creo que hayas comido mucho últimamente.

–Oh.

Magenta no dijo nada más. No iba a decirle que tenía razón. En ocasiones había llegado a saltarse alguna comida que otra para que Theo pudiera alimentarse bien. Además, no había dormido mucho en las semanas anteriores.

–Es que estás fuerte. Cualquier mujer te parecería un peso pluma. Además, he sido modelo y nunca he comido mucho.

–Bueno, todo eso va a cambiar ahora que trabajas para mí –de repente puso la mano sobre su hombro, allí donde el albornoz se le había caído un poco. Era demasiado voluminoso para su constitución delgada.

–¿Me vas a cebar? ¿Es esa otra de las condiciones que me vas a imponer? ¿Tengo que ganar unos cuantos kilos? –le preguntó, bajando la voz y adoptando el tono de uno de esos anuncios de productos para adelgazar.

–Son unos kilos que necesitas ganar. No voy a dejar que vuelvas a desmayarte.

–No te preocupes tanto. No hace falta... Te estoy dejando la cama empapada –le dijo. Su voz sonaba sin aliento.

–No sería la primera vez.

Magenta se ruborizó violentamente.

–¿Puedo darme una ducha?

Andreas frunció el ceño.

–¿Seguro que puedes?

Magenta no estaba segura, pero necesitaba escapar de él lo antes posible.

—Sí.

—Adelante entonces —Andreas se puso en pie y se apartó de la cama.

Magenta se incorporó y echó a andar hacia la puerta, pero entonces sintió una mano en el hombro.

—No —le dijo él con firmeza—. Entra ahí —añadió, señalando el cuarto de baño que estaba al otro lado de la habitación—. Así podré vigilarte bien, por si vuelves a desmayarte.

Andreas la esperó sentado en la cama. Oír el sonido del agua al caer sobre su cuerpo era una tortura deliciosa, pero estaba demasiado preocupado como para dejarla sola mientras se duchaba.

¿Por qué se había desmayado? Su colega le había dicho que parecía desesperada cuando le había pedido la carta para el casero. ¿Por qué se le habían complicado tanto las cosas?

Si su tía abuela era la que cuidaba del niño, entonces debía de haber trabajado como modelo desde el nacimiento del pequeño. ¿Dónde estaba todo el dinero que había ganado?

El sonido del agua de la ducha había cesado. Miró hacia la puerta del cuarto de baño. Debía de estar secándose con la toalla. ¿Qué le impedía entrar allí? Podía tomarla entre sus brazos y exigirle que admitiera que le deseaba tanto como él a ella. La manta seguía húmeda allí donde había estado tumbada. Andreas respiró profundamente. Hizo acopio de toda su fuerza de voluntad y trató de controlarse.

De repente su teléfono móvil comenzó a sonar. Era el mánager de uno de los hoteles de los Estados Unidos.

Ella salió del cuarto de baño unos segundos más tarde. Se había atado el albornoz alrededor de la cintura y se había subido las solapas para secarse la humedad del pelo. Parecía un duende diminuto dentro de la voluminosa prenda blanca.

Andreas le hizo un gesto para que se quedara cuando pasó por su lado. Sabía que no llevaba nada debajo del albornoz y la idea le distraía demasiado.

Magenta se dedicó a examinar los libros de las interminables estanterías. No quería pensar en el efecto que le hacía su voz, profunda y aterciopelada.

Había varios volúmenes de una enciclopedia, encuadernados en cuero y con hojas doradas. También había guías de viaje, biografías y un sinfín de obras sobre el planeta, animales y muchas otras cosas.

¿Leía tanto seis años atrás?

Magenta no estaba segura.

—No sabía que te gustara la poesía —dijo cuando le oyó colgar el teléfono. Un libro muy pequeño llamó su atención. Era muy viejo y estaba en muy mal estado. En la portada se podía leer el nombre de Lord Byron—. Es mi poeta romántico favorito.

—¿En serio?

La voz de Andreas sonaba extraña. La miraba como si la viera por primera vez.

—Me sorprendes —añadió, en un tono sarcástico que no pasaba desapercibido.

—¿Crees que no sé apreciar la buena poesía cuando

la leo porque no me criaron tan bien como a ti? Lo estudié en el colegio, y allí fue donde me empezó a gustar el romanticismo, pero esta edición es preciosa y...

«Antigua», iba a decir.

Tomó el libro.

—¿Por qué no lo mandas a encuadernar?

—¡Déjalo!

Su voz cortó el aire como un cuchillo afilado.

—Solo quería mirarlo. No iba a... estropearlo. Solo quería ver si encontraba mi poema favorito.

—¿Cuál es?

—No sé cómo se llama. Es el poema que escribió para la única mujer a la que amó de verdad, según dicen —era curioso que pudiera recordar todo eso cuando no era capaz de recordar tantas cosas de su propia vida—. No puedo... —se tocó la cabeza—. Ahora mismo no me acuerdo de la primera línea.

—Inténtalo.

Magenta le miró con un interrogante en los ojos. Se preguntaba por qué sonaba tan grave su voz. La preocupación se había desvanecido, dando paso a una fría distancia.

—No lo sé. Era algo sobre el destino...

Palabras e imágenes bailaban en su cabeza. Una niebla espesa se cernía sobre su mente, impidiéndole recordar.

De repente comenzó a oír la voz de Andreas. Era como la luz de un faro que llevaba a buen puerto.

—«Aunque el día y el sino se han ido, y la luz de mi suerte murió...

—Tu alma rehúsa haber visto los defectos que otro encontró...» —dijo Magenta, completando los versos.

Su voz se apagó. La emoción le atenazaba la garganta. Los ojos de Andreas se oscurecían por momentos.

–Tengo que ir a vestirme –le dijo, con la voz ahogada, y se alejó de él antes de que hiciera algún comentario que no pudiera soportar.

Estaba al teléfono. Cuando la oyó entrar en el estudio terminó la llamada abruptamente y empezó a escribir algo en un cuaderno.

–¿Por qué no usas tu iPad? –le sugirió ella, diciendo lo primero que se le había ocurrido.

Él ni siquiera levantó la vista mientras la oía hablar. Siguió escribiendo con su bolígrafo dorado.

–Para eso te pago. Le dije a la señora Cox que te preparara una comida ligera, pero nutritiva –la miró a los ojos.

Magenta estaba recogiendo algunos documentos de su escritorio.

–¿Lo hizo?

–¿La echarías a la calle si te dijera que no lo hizo?

La empleada le había dado una ensalada de salmón con pan integral, una generosa porción de tarta de manzana casera y fruta fresca. Magenta se lo había comido todo con gusto, todo excepto la fruta fresca. La había guardado para después.

–A diferencia de ti, mi ama de llaves no siente la necesidad de llevarme la contraria en todo momento –dijo Andreas, conteniendo una sonrisa–. Te hubiera llevado a comer fuera, pero pensé que no iba a ser buena idea, dadas las circunstancias.

Se estaba refiriendo a ese pequeño momento de

debilidad que habían tenido antes, cuando estaban en el dormitorio.

–No. No hubiera sido una buena idea.

Él empezó a decir algo, pero el teléfono que estaba sobre el escritorio comenzó a sonar.

–Visconti.

Su voz sonaba impaciente.

Magenta cerró una carpeta y le escuchó. Sus respuestas eran escuetas, concisas.

–Tengo que irme –dijo Andreas en cuanto colgó el teléfono. Se puso en pie y tomó su chaqueta del respaldo de la silla–. No sé a qué hora volveré, así que desvía al buzón de voz todas las llamadas a las que no puedas contestar personalmente –añadió y entonces se marchó.

Magenta esperó a que el sonido del motor en marcha se alejara y entonces volvió a subir a la suite sigilosamente.

Se detuvo frente a la estantería de libros y tomó el volumen de poemas de lord Byron. Las manos le temblaban tanto que era difícil abrirlo. Antes de ver lo que decía la dedicatoria, supo qué era lo que estaba a punto de leer. *Para mi Magi. Con todo mi amor, Andreas*, leyó.

Magenta se llevó la mano a la boca para reprimir un suspiro. ¿Cómo había podido olvidar que había sido él quien se lo había regalado? Se lo había dedicado a Magi. De repente le recordó diciendo el nombre. Pronunciaba la «g» como una «j» muy suave, con toda la sensualidad de la lengua materna de sus ancestros.

«Mi Magi...».

De repente Magenta se dio cuenta de que estaba

llorando. Y entonces supo por qué. Esa sensación de pérdida que la invadía en sueños... Todo se debía a un amor perdido.

El amor de Andreas.

Capítulo 5

ANDREAS salió del despacho de su gerente de marketing con cara de pocos amigos. Era la misma cara que había puesto al hablar con su asistente personal antes de salir de la casa.

—Le ha llegado una referencia tardía de esa chica a la que has contratado —le había dicho Lana Barleythorne por teléfono—. Magenta James, ¿no? Parece que ha estado escondiéndonos algo deliberadamente, y Frances dice que hay algo que deberías saber de ella. No me ha dicho qué es, pero insinuó que a lo mejor te hace replantearte tu decisión de contratarla.

El tono triunfal con el que Lana pronunció las palabras no pasó desapercibido para Andreas. Sabía que la asistente estaba enamorada de él.

—Seguramente no te ha llamado ella misma porque ha estado en una reunión, pero sé que quería verte en cuanto llegaras.

Andreas había conducido como un demonio para llegar cuanto antes a las oficinas de la empresa.

Esos brotes de amnesia selectiva que parecía sufrir cuando la conversación daba un giro poco conveniente siempre le habían resultado sospechosos. Y el incidente del libro tampoco había augurado nada bueno. Se había comportado como si jamás hubiera visto el volumen de poemas, como si no recordara en absoluto la desafortunada escena que ese volumen había causado. Incluso había llegado a hacer comentarios acerca de su estado, como si no supiera cómo había llegado a estar así.

Ya en el camino de vuelta, mientras conducía entre los vehículos que congestionaban las concurridas carreteras a hora punta, Andreas repasó mentalmente todas sus sospechas y las comparó con todo lo que acababa de averiguar. Llevaba el aire acondicionado al máximo para contrarrestar el asfixiante calor.

Había sospechado que los lapsus de memoria no eran fingidos. Había llegado a creer que había tomado el mismo camino que su madre, que el problema tenía algo que ver con el alcohol, o con algo peor...

Apretó a fondo el pedal de freno para no chocar con un coche que acababa de cambiarse de carril sin haber puesto el intermitente. Con rapidez y agilidad al volante, señalizó la maniobra y adelantó al temerario vehículo a toda prisa.

Al llegar a la oficina de Londres, ya estaba seguro de ello, convencido, pero se había equivocado. Lo que su asistente le había dicho le había helado la sangre. Jamás hubiera imaginado algo parecido.

Magenta se había topado con el pequeño asiento de madera por accidente. Estaba situado entre los sauces y un puente de piedra que cruzaba un arroyuelo, escondido tras un enrejado de madreselva salvaje.

Era un rincón de amantes.

No pudo resistir la tentación de sentarse. Se bajó la blusa de los hombros y se volvió hacia el sol. Sus sentidos estaban atentos al aroma de las flores, al gorjeo del agua, al calor palpable del sol de media tarde de un día cualquiera de verano. La tranquilidad era como un bálsamo que calmaba los pensamientos más turbadores, los que la habían atormentado desde el momento en que Andreas se había marchado. ¿Cómo había podido olvidar que había sido él quien se lo había dado? Era una edición especial que él le había comprado, consciente de que Byron era uno de sus poetas favoritos. Seguramente había tenido que ahorrar bastante para comprar el volumen. Su sueldo no daba para mucho por aquella época. ¿Pero por qué no se lo había recordado? ¿Por qué no le había dicho nada? ¿Y por qué estaba el libro en esa estantería, en tan mal estado?

Incapaz de rellenar las lagunas, Magenta tiró la toalla finalmente y decidió regresar a la casa.

Al salir de detrás del enrejado de madreselva estuvo a punto de tropezarse con Andreas. El corazón le dio un vuelco.

Se había quitado la corbata y llevaba la camisa medio desabrochada. La chaqueta del traje le colgaba de un hombro. El corte impecable de sus pantalones realzaba su cintura estrecha y su abdomen plano.

–Magenta.

Había algo extraño en su voz. Era la forma en que había pronunciado su nombre.

–Vi a la señora Cox al salir de la casa y me dijo que seguramente estabas aquí.

Su mirada seria y sombría despertaba una inquietud en Magenta.

–¡Bueno, aquí estoy! –dijo, levantando los brazos.

El movimiento atrajo la atención de Andreas y le

hizo fijarse en sus hombros. De repente reparó en la pequeña cicatriz que tenía en la base del cuello.

Magenta deseó haberse puesto algo para taparla, pero ya era demasiado tarde.

—¿Qué tal fue la reunión? —le preguntó, algo nerviosa.

—Muy bien, y fructífera.

Magenta se preguntó por qué parecía tan molesto y ansioso.

—¿Por qué no me dijiste que sufriste una hemorragia cerebral?

Magenta le miró, anonadada.

—No me lo preguntaste.

—Te lo estoy preguntando ahora.

Ella guardó silencio.

—¿No estábamos lo bastante unidos en el pasado? ¿Pensaste que no importaba, que no tenías por qué molestarte en contarme lo que había pasado?

Magenta le miró de reojo.

—A lo mejor no quería suscitar una falsa compasión en ti.

Andreas la miró con ojos incrédulos.

—¿Realmente llegaste a creerme tan insensible? —dejó la chaqueta sobre el banco—. ¿No pensaste que no me lo iba a tomar muy bien cuando finalmente me enterara?

—¿Por qué? ¿Por qué iba a importarte? O a lo mejor es que piensas que puede repercutir en mi trabajo.

—No pongas palabras en mi boca.

—¿Puedo preguntarte quién te lo dijo?

—Una de las personas de contacto cuya referencia nos diste. Por lo visto te recuerda como una recepcionista muy eficiente y agradable, pero también nos dijo que no sabía hasta qué punto serías capaz de poder asumir un puesto de asistente personal después de todo lo que habías pasado, después de la pérdida de memoria...

–Bueno, no me puedo... –las lágrimas le quemaban los ojos–. ¡La única cosa que olvidé fue apuntar su cita con el dentista! Y archivé mal un documento en un par de ocasiones, pero eso fue todo. ¡A todo el mundo le pasa! Y sabía que mi pérdida de memoria se limitaba a cosas que habían pasado durante un período anterior a... lo que me pasó –dijo, vacilante.

–¿Entonces por qué no dijiste nada cuando te entrevistaron mis colegas? –le preguntó Andreas–. ¿Por qué no me lo dijiste a mí?

–Precisamente por eso –admitió Magenta, haciendo una mueca–. Cuando la gente se entera de que he tenido una hemorragia cerebral empiezan a tratarme como si no fuera apta para nada. Me tratan casi como si no fuera un ser humano. Parece que no pueden evitarlo. Durante los dos primeros años tuve que dejarme ayudar por extraños que me enseñaron a usar un cajero automático y me acompañaban al supermercado porque yo temía no encontrar la entrada por mí misma. Algunos me ayudaban, pero otros se escabullían en cuanto podían, como si fuera retrasada mental, o como si representara un peligro para ellos o algo así. No servía de nada que les dijera que había sido igual de normal que ellos en el pasado, y que lo que me había pasado podía pasarle a cualquiera, sin importar el color, la raza, la edad, la nacionalidad o la inteligencia. La discriminación no ha terminado, pero he podido criar a mi hijo, corro más de cuatro kilómetros dos veces por semana y he terminado un curso en Administración de Empresas. Sin embargo, me di cuenta de que decir lo que me había pasado no me ayudaría a conseguir el tipo de trabajo que necesito para pagar las facturas. De hecho, era justo al revés. Los entrevistadores que estaban dispuestos a contratarme cambiaban de actitud en cuanto les explicaba por qué tenía una laguna tan grande en mi vida laboral. Cuando conseguí la entrevista en tu empresa, ya había decidido no volver a mencionarlo. Era mucho más fácil decir que me había tomado un descanso para criar a mi hijo. Pero, sí, tuve una hemorragia cerebral. Y, sí, me afectó mucho. Afectó a mis facultades físicas y mentales, pero yo estaba decidida a recuperarme, a recuperarme de verdad. Me han dicho que soy uno de los pocos que realmente lo consiguen. Así que ahora que sabes la verdad puedes ejercitar el derecho que sin duda debes de tener. Puedes echarme cuando quieras por haberte mentido en la entrevista.

–Lo que voy a hacer es... sentarme aquí... –echó a un lado su chaqueta y la hizo sentarse a su lado en el banco–. Vas a contármelo todo, todo lo que has omitido desde que te vi en ese bar, todo lo que recuerdas. ¿Cuándo pasó exactamente?

Su piel ya empezaba a tomar algo de color, pero aún estaba pálido. Magenta se preguntó si lo que sentía era rabia o auténtica preocupación por ella.

–Poco después de que... –no era capaz de decirlo. No era capaz de decir las palabras.

–¿Qué?

Guardó silencio y entonces él se dio cuenta de lo que había estado a punto de decir.

–¿Cuánto tiempo después?

–Unos pocos meses –le dijo ella, levantando el hombro de forma casi imperceptible.

–¿Meses?

Andreas parecía cada vez más afectado. La marca que le surcaba el entrecejo era cada vez más profunda.

–¿Entonces nunca llegaste a tener una carrera como modelo?

–En realidad no –fingió reírse–. Lo sé. Es irónico, ¿no?

–¿Todavía estabas con Rushford? –le preguntó él. Prefería ignorar su último comentario–. ¿Es esa la verdadera razón por la que te dejó?

Magenta sacudió la cabeza.

–No estábamos juntos.

En realidad nunca lo habían estado, no de esa manera. De eso sí estaba segura, pero no iba a decírselo a Andreas para no complicar las cosas.

–Estaba con mi madre, pero ella no pudo hacerse cargo sola, sobre todo cuando los médicos tuvieron que hacerme la cesárea de Theo mientras todavía estaba en coma.

–¿Estuviste en coma?

Ella asintió.

–¿Mientras estabas embarazada? Debió de nacer muy prematuramente.

–Sí.

El niño había nacido tres semanas antes de tiempo solamente, pero eso no podía decírselo porque, si lo hacía, entonces él se daría cuenta de que era su hijo. Y aunque sabía que debía decirle la verdad, no era capaz de reunir el valor suficiente para hacerlo.

–Bueno, en cualquier caso, mi madre le pidió a mi

tía Josie que viniera. Mi madre y ella llevaban mucho tiempo sin hablarse. Creo que la tía se atrevió a criticar a mi madre por su dependencia del alcohol cuando yo era muy pequeña y mi madre le dijo que se mantuviera lo más lejos posible de su vida a partir de ese momento. Yo sé que la echaba de menos, a pesar de mi problema de memoria... –hizo una mueca–. Eso no lo había olvidado. Bueno, la tía Josie vino enseguida y se hizo cargo de Theo. Lo cuidó hasta que yo pude empezar a ocuparme de todo de nuevo. Y también me cuidó a mí, cuando salí del hospital.

–Era una señora muy especial entonces –comentó Andreas.

–Sí. Lo es –con solo pensar en la generosidad de su tía, se le llenaban los ojos de lágrimas.

–Y lo conseguiste.

–Lo conseguí –Magenta tuvo que apartar la vista para no echarse a llorar.

–¿Entonces no estabas fingiendo cuando...? Quiero decir que no fingías, tal y como yo me imaginé, ¿no? Y hoy, cuando sacaste ese libro de la estantería...

Magenta sacudió la cabeza.

–¿Realmente no recuerdas lo que pasó?

Ella cerró los ojos y sacudió la cabeza.

–Magenta –le dijo, deslizando una mano por debajo de su cabello.

El tacto de su mano era tan cálido que no podía evitar volver la mejilla hacia él, buscando el roce.

–Magenta, mírame.

Magenta se dio cuenta de que le tenía pena, por lo que acababa de descubrir. Abrió los ojos justo a tiempo para ver la luminosa pincelada de colores de un martín pescador que se sumergía en el agua en ese momento. Su plumaje azul y naranja era casi fluorescente.

—Por mucho que tu mente me haya dejado a un lado, tu cuerpo no lo hizo, ¿verdad? —susurró Andreas, moviendo los labios lentamente a lo largo de la suave línea de su mandíbula—. Todavía recuerdas esto —dijo rozándole la comisura de los labios—. Y esto —su boca estaba a un milímetro de distancia. Jugaba con ella, la tentaba, pero no llegaba a besarla del todo.

Había olvidado la ternura de Andreas, pero él se la recordaba con cada caricia. Un deseo incontenible crecía en su interior a medida que él deslizaba las yemas de los dedos sobre su piel.

Un suspiro suave hizo temblar el aire. Magenta se dio cuenta de que había salido de sus labios.

Consciente de que estaba perdida, echó la cabeza hacia atrás. Su cabello cayó sobre el brazo de Andreas como una cascada oscura.

—¿Te lo hicieron entonces? —dijo Andreas, suspirando con dificultad. Inclinó la cabeza y besó la pequeña cicatriz blanca que tenía en la base del cuello.

Magenta asintió con la cabeza, recordando los tratamientos y la cirugía a la que la habían sometido para que pudiera respirar. Los médicos les habían dicho a su madre y a su tía que no lo iba a conseguir, pero se habían equivocado. Contra todo pronóstico, había logrado salir adelante, y eso le había dado una nueva perspectiva de la vida.

Cuando sintió el roce de sus besos, Magenta no fue capaz de resistirse. Sentía que intentaba quitarle la blusa de los hombros y no podía decirle que parara. En cuanto tuvo los brazos libres los puso alrededor de su cuello y se aferró a él como si le fuera la vida en ello.

La mano de Andreas se cerró alrededor de sus pechos. Comenzó a moldearlos contra la palma de la mano.

La maternidad había hecho que le crecieran un poco. Los tenía más llenos y turgentes. Él bajó la cabeza y comenzó a besárselos. De repente la oyó contener el aliento al tiempo que su boca se cerraba alrededor de un pezón. Levantó la vista hacia ella un instante y sonrió. Estaba recostada contra su brazo, con los ojos cerrados, entregada al placer de los sentidos.

–Vamos dentro –le susurró.

Esas dos palabras bastaron para romper el hechizo bajo el que se encontraba Magenta. De repente se dio cuenta de lo que estaba permitiendo. El motivo por el que estaba allí con él en ese momento era que Andreas quería satisfacer cierto sentido distorsionado de la justicia. Quería que se rindiera a él a toda costa, pero seguiría despreciándola al día siguiente.

–No... –Magenta intentó incorporarse.

–¿Qué pasa?

–Es que no quiero hacer esto.

–Bueno, entonces me has engañado muy bien.

Andreas la miraba con ojos de absoluta perplejidad. Tenía las mejillas sonrosadas.

–Lo siento. Me he dejado llevar. Pensaba que podía, pero no puedo hacerlo. Puede que hace seis años hubiera algo entre nosotros, pero ambos sabemos que no fue más que algo puramente sexual. Por lo menos para mí sí que lo fue. Y ya no me gustan esa clase de relaciones.

—Es digno de admirar —dijo Andreas con cinismo.

—No. Solo quiero ser realista. Han pasado muchas cosas desde entonces. Ahora tengo responsabilidades, y tengo que darles prioridad. Sé que probablemente no es la razón por la que me diste este trabajo, pero, si quieres que siga trabajando para ti, entonces tendrás que mantener nuestra relación en un plano estrictamente profesional.

Andreas esbozó una media sonrisa cargada de ironía. Se puso en pie y la observó durante unos instantes.

—¿De verdad crees que podemos?

Podía ver cómo subía y bajaba su pecho por debajo de la blusa. Estaba claro que no le era indiferente.

Él tenía razón. Magenta no podía negarlo. ¿Cómo iban a mantener a raya esa química explosiva que había entre ellos?

—Me resistí a la muerte —le recordó, ignorando la llamada de su propio cuerpo. Se apartó de él y le habló por encima del hombro—. Será muy fácil resistirme a ti.

Capítulo 6

HAY algo más que no me hayas contado? —le preguntó Andreas a la mañana siguiente desde detrás de su escritorio.

—¿El qué? —le contestó Magenta.

—Dímelo tú —le contestó Andreas, levantando un hombro.

—No es nada que debas saber —le dijo ella, metiendo una carpeta en la estantería.

¿Se habría dado cuenta de que la voz le temblaba?

—Magenta, mírame —le dijo Andreas.

Le había dicho lo mismo el día anterior en el jardín, y había estado a punto de caer en sus redes.

—Creo que deberíamos hacer algo para que tu memoria mejore —le dijo de repente, sorprendiéndola.

Ella le miró de reojo.

—¿Qué tienes en mente?

—Nada específico —él dejó el bolígrafo con el que había estado jugueteando—. Y desde luego no es nada de lo que te imaginas.

—No sabes lo que me estoy imaginando.

—¿No?

Él se puso en pie y rodeó el escritorio. Esa mañana tenía que salir e iba vestido para triunfar.

—Ya te lo dije anoche —le recordó ella. Solo son cosas específicas las que no recuerdo, pero incluso esas están volviendo... poco a poco.

—Aun así... me gustaría que mi médico te viera. Es todo un especialista en el campo de la psicología.

—¿Crees que mi problema es psicológico y no fisiológico?

Andreas se encogió de hombros.

—No necesito un médico. Ya tengo el cupo de médicos cubierto para el resto de mi vida y todos me han dicho lo mismo, que a lo mejor no consigo recuperar algunas cosas, pero, si van a volver en algún momento, entonces tengo que ser paciente. Eso es todo. Como te he dicho, algunas cosas han empezado a volver...

—Eso es bueno, pero no es solo tu pérdida de memoria lo que me preocupa. No comes bien. Te desmayas...

—¡Me desmayé una vez!

—De todos modos, creo que has estado a punto de desmayarte en más de una ocasión, y podría pasar de nuevo, en cualquier sitio, en cualquier momento, en el metro, bajando unas escaleras, al cruzar la calle. Y a lo mejor la próxima vez que te pase estás sola.

—No. No me va a pasar.

—¿No? ¿Por qué estás tan segura?

«Porque solo me pasa cuando estoy contigo», pensó Magenta, pero eso no iba a decírselo.

—¿Quieres que te acompañe para que le veas? Ya he llamado y puede darte cita esta misma tarde a última hora.

—Si eso te hace feliz, adelante, vamos, pero solo es una de las condiciones de mi empleo.

—Lo es —dijo él, sonriendo.

—Ya te dije que no era necesario —dijo Magenta. Acababan de salir de la consulta del médico e iban caminando por una frondosa alameda que bajaba desde la clínica.

–Si te parece que es innecesario que el médico te haga una revisión y te diga que todo está bien... –dijo Andreas, haciendo una mueca–. Entonces no tengo más remedio que estar en desacuerdo contigo.

–Porque ahora sabes que estoy en condiciones para trabajar para ti, y no tienes que cohibirte cuando te den ganas de recordarme el daño que te infligí en el pasado. ¿No es así?

–Ambas cosas son correctas –dijo Andreas, cerrándole la puerta del acompañante.

Magenta le observó mientras rodeaba el capó del flamante vehículo. Sus palabras parecían referirse a otra cosa.

Los dos días posteriores transcurrieron con normalidad. Era una especie de tregua mutua.

A pesar de lo que había dicho, Andreas parecía dispuesto a ser indulgente con ella después de haber averiguado todo lo que había experimentado en esos seis años.

Trabajar a su lado, sin embargo, no era fácil. Era un empresario dinámico, entregado a su negocio y a su frenética jornada laboral.

Magenta tenía que atender el teléfono, escribir cartas, notas de prensa y también le acompañaba a diversas reuniones. Era el trabajo más duro que había desempeñado en toda su vida, pero siempre resultaba gratificante estar a la altura del reto. Y la sensación era aún mejor cuando él le regalaba un halago profesional. No obstante, estaba convencida de que intentaba portarse bien con ella solo porque sabía lo que le había ocurrido.

—¿Qué tal llevas el trabajo en la mansión de ese ricachón tuyo? —le preguntó la tía Josie sin rodeos a la tarde siguiente—. Andreas, ¿no?

Como Andreas había salido y la señora Cox se había ido al centro de la ciudad con una de las empleadas del servicio, Magenta se encontraba sola y no había podido resistir la tentación de llamar a su tía para ver cómo estaba Theo.

—Es rico, pero no es mío —le dijo, conteniendo una risita.

—Pero quisieras que lo fuera, ¿no?

—¿Por qué dices eso? —le preguntó Magenta. La pregunta de su tía había sido directa.

—Soy tu tía abuela, pero para mí es como si fueras mi hija. ¿Qué pasa, cariño? Hay algo que te preocupa, y no se trata solo de que estés encaprichada de tu jefe rico.

—Tuve una aventura con él una vez. Fue un error. Ocurrió hace seis años y todo quedó inmerso en ese período de mi vida que se me borró tras la hemorragia. Su médico me dijo que a lo mejor borré toda esa etapa inconscientemente.

—¿Su médico? —le preguntó Josie Ashton—. Bueno, parece que el tal Andreas tiene las cosas muy claras.

—A lo mejor —murmuró Magenta. Era incapaz de explicarle a su tía lo que pensaba en realidad—. Al parecer su médico es un especialista en ese campo. Bueno, en cualquier caso, los recuerdos empiezan a volver, aunque aún no puedo recordar todo lo que pasó entre Andreas y yo. Según lo que él me dijo, las cosas no acabaron muy bien, pero sí hay algo sobre lo que no tengo dudas –Magenta vaciló. Respiró profundamente–. Theo es hijo suyo, tía Josie.

Hubo una pausa al otro lado de la línea.

–Ya lo suponía.

–¿Qué quieres decir? –le preguntó Magenta a su tía. Josie Ashton no dejaba de sorprenderla–. ¿Cómo pudiste? Ni siquiera mi madre lo sabía. Quiero decir que... ella pensaba... me dijo...

–Me dijo que durante la época en la que te quedaste embarazada, justo antes de ese período que no consigues recordar, habías tenido varios novios puntuales.

Magenta frunció el ceño e hizo una mueca de dolor. ¿Cómo se había dejado convencer de eso? Su madre, sin duda, creía que era verdad.

–Lo sé –Josie soltó el aliento–. Llevo tiempo sospechando que se trataba de Andreas, aunque tu madre tenía la impresión de que no era nadie especial. Se lo pregunté hace mucho, cuando estabas en el hospital. Pero para mí no se trata de algo puntual cuando una mujer pronuncia el nombre de un hombre cuando está bajo el efecto de los medicamentos, flotando en un coma.

–¿Por qué no dijiste nunca nada?

–Lo hice, una o dos veces, cuando viniste a vivir conmigo tras haber salido del hospital. Pero negaste haberle conocido, así que me cansé de preguntarte.

Magenta se dio cuenta de que probablemente tampoco recordaría eso. Por aquel entonces estaba en una nube.

–¿Se lo has dicho?

—No.

—Pero vas a hacerlo, ¿no?

—No puedo, tía Josie. Todavía no.

—¿Y por qué no? ¿No crees que tiene derecho a saberlo? ¿No crees que Theo tiene derecho a saber quién es su padre?

—Claro. Pero tengo que hacerlo a mi manera, a su debido tiempo. No vas a decirle nada, ¿verdad? No hasta que yo lo haga. Prométeme que no lo harás.

—Claro que no voy a decirle nada.

—¿Qué es lo que no vas a decirme? —el niño se había sentado sobre el regazo de la anciana, al igual que hacía con su madre cuando esta hablaba por teléfono.

—Nada, cariño —la voz de Magenta se volvió sobreprotectora—. Bueno, ahora cuéntame qué has estado haciendo. ¿Saliste a montar esta mañana, como me dijiste que ibas a hacer?

Magenta respiró aliviada al ver que Theo se ponía a contarle con todo detalle sus aventuras de esa mañana. Al parecer no había podido montar el poni Shetland, tal y como le había prometido el granjero.

—Oh, cariño. Ya habrá otra ocasión.

Un movimiento repentino junto a la puerta la hizo darse la vuelta. Andreas estaba apoyado contra el marco, escuchándola.

—¿Cuánto tiempo llevas ahí? Mira, cariño, tengo que irme. Mamá te llama luego, ¿de acuerdo? Dile adiós a la tía Josie de mi parte.

Colgó antes de que Andreas tuviera tiempo de moverse.

—¿Por qué te sobresaltas tanto? —él le sonrió y se acercó lentamente—. ¿Crees que soy la clase de jefe que te va a pedir que le pagues las llamadas personales que hagas desde la oficina?

Magenta no contestó inmediatamente. ¿Cuánto habría oído exactamente?

—Si es eso lo que esperas...

No sabía cómo había pasado, pero de repente él estaba apoyado sobre su silla, inclinado sobre ella. Podía sentir sus labios contra la nuca. Su brazo la rodeaba por delante, rozándole el pecho ligeramente.

—¿Te divierte escuchar conversaciones de otros? —respiraba con dificultad y su pecho subía y bajaba más rápido de lo normal.

—¿Por qué lo dices? ¿Estabas hablando de algo que no podía oír? —le levantó el cuello de la blusa blanca que se había puesto esa mañana y sopló sobre su piel. Ese día no llevaba pañuelo.

Magenta no pudo esconder el estremecimiento que la recorría de arriba abajo.

—Claro que no.

—¿Estás segura?

Magenta dejó escapar un suave gemido. Él deslizó una mano sobre sus pechos, cada vez más duros.

—¿Alguna vez te has preguntado cómo sería hacer el amor sobre un escritorio? ¿Lo has intentado alguna vez?

—¡No! No lo he hecho. La señora Cox puede entrar en cualquier momento.

—La señora Cox tiene el día libre.

—Bueno, entonces alguna de las empleadas del servicio.

—Las dos tienen el día libre —le bajó una de las mangas y le descubrió el hombro—. ¿No te hace recordar esto? Estuvimos a punto de hacer el amor una vez encima de la mesa, pero desafortunadamente nuestras... intenciones se vieron frustradas.

—Tus intenciones, querrás decir.

—Oh, no —él se rio—. Nunca he hecho nada sin un cómplice. ¿No quieres recordar, Magenta? ¿No quieres que te recuerde que te dije que estabas muy sexy envuelta en ese mantel?

El mantel... Pinceladas de color se presentaron en la mente de Magenta y entonces la imagen cobró forma por fin. Era una tela de cuadros rojos y blancos, muy gruesa. El roce contra la piel de sus pechos la había excitado hasta extremos insospechados.

—Incluso por aquel entonces ya tenías miedo de que te sorprendieran haciendo algo que no debías hacer.

Magenta se tapó los oídos con ambas manos.

—¡No quiero recordar!

—Oh, yo creo que sí quieres.

Andreas rodeó la silla y se sentó sobre el borde del escritorio. Estaba tan cerca que su rodilla le rozaba el brazo. La hizo bajar las manos con un gesto firme.

—Solo teníamos una hora para estar solos. Nos deseábamos con locura. Era un lunes por la noche y el restaurante estaba cerrado. Pensábamos que estábamos solos.

Pero alguien había regresado al restaurante...

—Magenta se tocó las sienes.

—¡Oh, Dios!

Todavía podía oír el ruido de las llaves en la cerradura. Podía oír cómo se abría la puerta. Las voces... Eran Giuseppe Visconti y una mujer, Maria Visconti. Estaba oscuro y no la habían visto. ¿Cómo había dejado que Andreas la desnudara en la parte de atrás de ese restaurante? ¿Cómo había podido permitírselo?

Sacudió la cabeza. Otras imágenes la asediaban también. Andreas había agarrado el mantel a toda prisa y se lo había echado encima. Él aún estaba vestido. Había un almacén. No. Era una especie de alacena. Andreas la había hecho meterse dentro a toda prisa. Magenta recordaba cómo se había quedado quieta, sin hacer el menor ruido, tratando de no moverse. Y Andreas... Andreas tenía otras ideas.

Cerró los ojos y recordó todas esas sensaciones que la habían recorrido como un río de fuego mientras él utilizaba la dura tela del mantel para excitarla. La frotaba con él como si fuera una toalla. Movía el tejido sobre su cuerpo, arriba y abajo hasta hacerla gemir de placer.

¿Realmente había participado en algo así? ¿O acaso era parte de un sueño? No era de extrañar que su familia se hubiera hecho una opinión tan mala de ella.

—Ya ves —le oyó decir con tranquilidad. Aún seguía ahí parado, inclinado sobre la silla—. Es fácil cuando sabes cómo.

Magenta levantó la vista y le miró a los ojos. Sus pupilas estaban dilatadas.

—No hicimos... ¿Lo hicimos allí? —no lo recordaba muy bien.

—No exactamente.

—No fui yo —Magenta dejó caer la cabeza y apoyó la barbilla sobre la mano—. No es de extrañar que me consideraran poco menos que una prostituta, una mujer fácil.

—Te prometo que nadie se enteró nunca.

Ella levantó la mirada.

—¿No echaron de menos ese mantel?

—Era yo quien tenía que preparar las mesas para

las comidas del día siguiente. No fue difícil hacerles pensar que simplemente se me había olvidado.

–¿Y tú? –se echó hacia atrás y dejó caer los brazos, resignada–. ¿Qué pensaste de mí?

–Pensaba que me volvías loco –dijo Andreas.

–Y por la forma en que me comporté contigo... Imaginaste que me comportaba igual con todos los hombres a los que conocía, ¿no? Pensaste que estaba igual de dispuesta para meterme en la cama con ellos.

Él arqueó una ceja, pero no hizo ningún comentario respecto a lo que acababa de decirle.

–Deja de sentirte mal por eso. Éramos jóvenes y nos dejamos llevar por la pasión –le sujetó la barbilla y la hizo levantar el rostro hacia él. Se inclinó hacia delante y le dio un beso–. Aquella noche había dos personas en aquella alacena, tú y yo. Pero hoy en día prefiero reservar el dormitorio para hacer el amor y desde luego puedo asegurarte que te trataría con mucha más consideración ahora.

Consideración... En ningún momento había hablado de respeto...

–Preciosa Magi...

Magenta sintió el roce de sus dedos sobre el cuello.

–Creo que ya hemos tenido suficiente terapia de recuerdos por hoy, ¿no crees? –dijo de repente, dejando caer la mano.

Se levantó del escritorio, agarró algunas cartas que estaban en una bandeja de documentos y se marchó a su propio despacho.

Andreas tenía que asistir a una cena de negocios ese viernes, pero como el evento no estaba registrado en su agenda, Magenta no se enteró hasta el último momento.

—Siento decirte esto con tan poco tiempo —le dijo él, entrando con prisa en su despacho.

Llevaba la chaqueta colgada del hombro. Solo faltaban horas para el evento.

—Supongo que no habrás traído nada más elegante que un traje y una blusa.

—¿*Leggings* y deportivas? —le dijo Magenta con ironía—. No sabía que en mi primera semana como asistente tendría que vestirme para pasar una velada en el Ritz —se encogió de hombros—. O donde sea —añadió, sin saber adónde iban—. Lo siento. Pensaba que esta noche me iba a casa.

—¿Ah, sí? Tal y como acabas de decir, eres mi asistente. Eso significa que tienes que estar disponible las veinticuatro horas del día. ¿Está claro?

Magenta asintió con incertidumbre.

—¿Tenías algo importante que hacer?

—No, pero...

—En ese caso, será mejor que te busquemos algo.

Magenta levantó la vista hacia él. Su expresión era de incredulidad. Él ya se estaba poniendo la chaqueta.

—Estoy segura de que tengo algo en el armario, si me dejas salir unas horas.

—No puedo.

—Vas a tener que subirme el sueldo —le dijo cuando llegaron a un concurrido pueblo lleno de boutiques elegantes.

Andreas aparcó el vehículo sin decir nada.

—Vamos. Te buscaré algo apropiado —le dijo unos minutos después, tomándola de la mano.

La única tienda de ropa del pueblo era un sitio exclusivo con escaparates arqueados y decoración minimalista. Todo resultaba muy intimidante.

—Seguro que sabían que venías —Andreas hizo una mueca—. Ese vestido está hecho para ti. ¿No era el azul tu color favorito?

Lo seguía siendo. Magenta levantó la vista y contempló el exquisito vestido que estaba en el escaparate.

Era un traje de color azul marino, ceñido y de escote generoso.

—Tiene que ser una broma. Ya sabes que no puedo permitirme esta clase de prendas. No podría ponérmelo con nada, aunque pudiera permitírmelo. Y no puedo.

Había un bolso de fiesta color plata junto al maniquí y también una estola con lentejuelas plateadas y azules. Al otro lado había unas sandalias de tacón alto que parecían sacadas de un cuento de hadas.

—Pensaba que no te sería difícil darte cuenta de que yo no puedo permitirme nada que vaya más allá de las tiendas *low cost* —de repente tenía ganas de llorar.

Un segundo más tarde sintió las manos de Andreas sobre los hombros.

—Piensa en ello como un negocio —la hizo entrar en la tienda sin más dilación—. Hay algunos extras también cuando tienes que estar a mi disposición.

Magenta se probó el vestido. La dueña de la tienda había tenido que quitárselo al maniquí. Se miró en el espejo del probador. Le sentaba como un guante.

—¿Crees que estos zapatos serán adecuados? —le preguntó a Andreas cuando salió del probador, mirando las sandalias negras de tacón bajo que llevaba todos los días.

Él estaba hablando con la dueña, una glamurosa mujer de mediana edad que miraba a Magenta y sonreía desde detrás del mostrador.

Al sentir sus pasos se dio la vuelta y silbó con disimulo. Parecía totalmente sorprendido, incapaz de hablar.

—¿No está muy guapa? —dijo la dependienta.

—Está increíble —contestó él sin dejar de mirarla ni un segundo.

Magenta sintió un calor repentino que le corría por las venas. De repente él se volvió hacia el mostrador y se sacó la billetera del bolsillo superior de la chaqueta.

—Me llevo todo el escaparate.

Magenta no daba crédito a lo que acababa de oír. La mujer anotó algo en un pedazo de papel y después se puso a dar vueltas de un lado a otro.

—No puedes... —le dijo al ver que la dueña de la tienda se dirigía hacia el escaparate para retirar la estola, los zapatos y el bolso.

—Vuelve al probador —le dijo Andreas sin mirarla al tiempo que sacaba la tarjeta de crédito de la billetera.

Magenta decidió que era mejor obedecer y regresó al probador. No quería hacer una escena en público.

Unos segundos más tarde, le dieron un par de zapatos a través de la cortina. No sabía si eran los que estaban en el escaparate o si le habían buscado un par de su talla, pero, en cualquier caso, le encajaban a la perfección.

—Su novia es una chica con mucha suerte —dijo la dueña de la tienda mientras envolvía los artículos en papel de seda.

Magenta se limitó a sonreír y tomó las bolsas.

–No me puedo creer que hayas hecho eso –le dijo, atónita, en cuanto salieron a la acera–. Te has gastado una fortuna en algo que solo me voy a poner una vez.

Andreas se dirigía hacia el aparcamiento. Sus zancadas eran largas, decididas.

–¿Es eso todo lo que tienes que decir?

–¿Y qué quieres que te diga? –le preguntó ella, totalmente estupefacta. Tuvo que acelerar el paso para no quedarse atrás.

–Bastaría con que me dieras las gracias sin más.

Magenta se detuvo al final de la fila de boutiques. Se llevó la mano a la frente.

–¿Qué sucede? ¿Qué te pasa?

–Pensaba... Es que de repente he tenido la sensación de que ya me habías dicho algo así –sacudió la cabeza. Las imágenes comenzaban a cobrar forma en su mente. La niebla que cubría esa época perdida empezaba a disiparse–. Era esa estatua...

Se refería a una pequeña estatua de porcelana de una madre con su hijo, una niña de unos tres o cuatro años que le sujetaba la mano. La había visto en el escaparate de una tienda y había querido comprársela a su madre, en un intento por animarla un poco después de otra de esas rupturas devastadoras. Quería que dejara de beber. Pensaba que podía hacerle ver que había muchas otras cosas en la vida por las que merecía la pena vivir.

–Volví a la tienda y ya no estaba –frunció el ceño–. ¿Qué es lo que dicen? La primera vez que recordamos algo, volvemos a vivirlo todo. Y la segunda vez que lo recordamos, pensamos en ello como si fuera un recuerdo, ¿no?

El dependiente le había dicho que habían dejado de fabricarlas cuando le había preguntado si tenía otra.

En aquel momento había sido como el fin del mundo.

—Me preguntaste por qué lloraba... —levantó la mirada.

Andreas lo recordaba muy bien. Había llamado a todas las tiendas en las que podían tener la figura. Había hecho todo lo posible para encontrarla y lo había logrado. Había recorrido casi ciento treinta kilómetros con la furgoneta de su padre para recogerla.

—Encontraste la figura para mí.

Le había colmado de besos aquel día. Se había reído y había llorado en la diminuta zona de recepción del humilde despacho de abogados en el que trabajaba.

Recordaba haberle dicho exactamente las mismas palabras en aquella ocasión.

—Bastaría con que me dieras las gracias sin más —le dijo, rodeándola con el brazo.

Magenta se inclinó contra su pecho sin pensar en lo que hacía. Su hombro era como una roca.

—¡Oh, Andreas! ¿Qué nos pasó?

—Aquí no. Todavía no.

Decidido, le agarró la mano y la condujo a través de la bulliciosa calle.

—Quizás es mejor no recordar más —su voz tenía una extraña cualidad—. Quizás sea mejor dejarlo todo como está.

Capítulo 7

A LA cena asistieron muchos de los grandes nombres de la industria hotelera del Reino Unido. El evento se celebraba en un enorme salón de convenciones de una mansión del siglo XIX, situada en el corazón de la campiña de Surrey. Andreas le había dicho que en un principio no iba a ir, y era por eso que no lo había anotado en la agenda, pero entonces se había enterado de que asistirían dos viejos conocidos americanos a los que tenía muchas ganas de ver. Ambos estaban en el país para vender acciones de los hoteles rurales que tenían en el Reino Unido y a él le interesaba entrar en ese sector de mercado.

Magenta nunca había estado en un evento tan formal, aunque sí recordaba haber asistido a un par de galas con Marcus Rushford. Se había visto en algunas fotos tomadas al principio de su corta carrera profesional como modelo.

Algo nerviosa, contempló las largas mesas adornadas y llenas de lujosa cubertería y vajilla. Dos enormes arañas hacían resplandecer la plata. De repente sintió la mano de Andreas en el codo. Él le dedicó unas palabras de ánimo y la condujo al interior del flamante salón.

Unas horas más tarde, mientras se tomaba su segunda taza de café y después de haber conversado y hecho negocios, Magenta no entendía por qué se había puesto tan nerviosa. Los Otterman habían resultado ser encantadores.

PJ era un hombre bajito de risa contagiosa. Tenía el pelo canoso y un bigote color zanahoria. Su esposa, Mary-Louise, era una señora educada y elegante. Su piel luminosa y su figura estilizada indicaban que se había cuidado muy bien. Ese día, no obstante, iba en silla de ruedas y tenía una pierna escayolada. Al parecer había tropezado con una maleta en el aeropuerto a su llegada a Inglaterra.

—Qué mala suerte —dijo Magenta—. Sobre todo con el buen tiempo que está haciendo.

—Sí. Fue un pequeño descuido por mi parte también. Pero, querida... —se echó hacia delante y le habló en un tono conspiratorio—. La verdad es que estoy disfrutando mucho viendo cómo se preocupa por mí PJ. No se ha preocupado así en cuarenta años.

Magenta se rio. La conversación de la americana era muy divertida.

Andreas estaba con su esposo, hablando de negocios. Ambos estaban de pie y Magenta era muy consciente de la presencia de Andreas junto a su silla.

Si se inclinaba hacia atrás, casi podía tocarle... Pero tenía miedo de hacerlo.

Mary-Louise le estaba contando algo sobre la noria de Londres, y Magenta tenía que hacer un gran esfuerzo para prestarle atención y no dejarse llevar por las palabras que oía a sus espaldas. Le tenía demasiado cerca. Podía oler el aroma intenso de su colonia.

—No he subido nunca —dijo Magenta—. Me temo que no me gustan mucho las alturas, pero...

No llegó a terminar la frase porque dos jóvenes demasiado animados, vestidos de traje y con jarras de cerveza en la mano, pasaron por delante de Mary-Louise como si fuera invisible, como si no hubiera nadie sentado allí. Parte de la cerveza le cayó en la blusa.

–No te preocupes –Magenta se puso en pie y le limpió la mancha con una servilleta.

–¿Qué pasa? –Andreas y PJ hablaron al mismo tiempo.

–Nada, nada –dijo Mary-Louise rápidamente.

Magenta, sin embargo, estaba algo molesta. Se fijó en los dos jóvenes que habían tropezado con la silla. Se habían parado para compartir una ruidosa broma con otros dos hombres que estaban a unos metros de distancia, pero lo peor era que uno de ellos no paraba de mirarla con descaro.

–Que esté en una silla de ruedas no significa que sea invisible –dijo, sin poder contenerse más.

–Lo siento.

Uno de los jóvenes se disculpó, avergonzado, y se abrió camino a través de un grupo de gente situado cerca de una de las mesas. Los otros tres fueron tras él.

La creciente confianza que había surgido entre Mary-Louise y Magenta no pasaba desapercibida para Andreas. Mientras las observaba, la señora agarró la mano de Magenta.

–Muchas gracias.

Andreas contempló la escena con una extraña nostalgia. Quería ser él quien acariciara a Magenta.

–Si nos disculpas... –interrumpió a PJ y agarró a Magenta de la mano–. Bueno, ¿vas a enseñarme lo que sabes hacer? –le preguntó, invitándola a bailar.

La sintió retraerse de repente.

–Creo que mejor dejo pasar este –dijo ella, sonriendo con timidez.

Andreas se fijó en la forma en que miraba a Mary-Louise. A lo mejor no quería bailar porque la esposa de PJ tampoco podía hacerlo. O quizás tenía algún otro motivo para rechazarle. A lo mejor no se atrevía a estar tan cerca de él.

–Tonterías, cariño –Mary-Louise le dio una palmadita en la mano a Magenta–. No te niegues por mí. Los jóvenes necesitáis un rato para vosotros. Y os puedo asegurar que me veréis en la pista de baile en menos de seis meses, aunque a lo mejor no bailando algo tan animado.

Magenta fingió reírse con los demás y dejó que Andreas la guiara hacia la pista de baile.

–Parece que hemos tenido minoría de votos, ¿no? –le dijo él, alzando la voz por encima de las fluidas notas de una balada que cantaba la vocalista de la banda en directo.

–Solo quería ser considerada. Eso es todo.

Andreas la hizo volverse y la rodeó con los brazos.

–Muy loable por tu parte –su sonrisa era devastadora–. Bueno, ahora sé considerada conmigo.

Magenta contuvo la respiración al sentir el contacto de su cuerpo. Nunca se había sentido tan desnuda bailando con un hombre en público. Su duro calor atravesaba la fina seda del vestido que llevaba y era como si estuviera bailando sin ropa.

–Me gusta.

Se refería al vestido. Magenta sintió el roce de su mano a lo largo de la espalda. Se detuvo justo antes de llegar a su trasero.

–¿No es por eso por lo que lo compraste?

Andreas chasqueó con la lengua.

–¿Me creerías si te digo que no sabía que iban a bailar esta noche? Nadie lo mencionó.

–Pero ya que sí hay baile, vas a aprovecharlo al máximo, ¿no?

–¿Me vas a culpar por ello? Sobre todo teniendo en cuenta que soy consciente de lo mucho que me deseas.

–Eso no es cierto –Magenta apartó el rostro para no ver la burla en su cara, pero él aprovechó la oportunidad para atraerla aún más hacia sí. Respiró profundamente. Su aliento le hacía cosquillas en el pelo.

–Mientes muy mal, Magenta. Puedo ver la forma en que responde tu cuerpo ahora mismo, y no es la respuesta de una mujer que quiere que la deje en paz.

–Pero vas a tener que dejarme en paz –era una orden desesperada.

–Hasta que me supliques lo contrario.

Magenta sabía que estaba sonriendo. Era una sonrisa sexy, lenta.

–Verbalmente, claro.

Sus palabras estaban llenas insolencia y pretensión, pero Magenta no podía negar que tenía razón. Le dolían los pechos de lo mucho que deseaba sentir sus caricias y en los muslos sentía un cosquilleo cada vez que sus finas medias de licra rozaban su dura musculatura.

Echó la cabeza hacia atrás para mirarle a los ojos.

—¿Estas técnicas tan fascinantes surtían efecto en el pasado? —le preguntó en un tono deliberadamente susurrado y provocativo.

Él sonrió.

—Ahora está funcionando, ¿no?

Ella dejó escapar una risotada.

—¿Siempre fuiste tan arrogante?

—Me gusta ir siempre un paso por delante —dijo él, mirándole los labios—. Yo no creo que hayas olvidado tantas cosas como dices.

—Bueno, esa es tu opinión —dijo ella. Cada vez conectaba más piezas del puzle de la memoria, pero eso no iba a decírselo. Tenía miedo. Temía descubrir lo que ese puzle le revelaría.

—¿Qué? ¿Me estoy acercando demasiado a la verdad? ¿O es que estás teniendo otro de esos momentos de clarividencia en que recuerdas cosas?

—No... yo...

Alguien la empujó con el codo y Andreas la sujetó con fuerza, estabilizándola y atrayéndola más hacia sí.

—¿Por qué no nos vamos a casa? —sus palabras eran una caricia sensual.

Magenta no contestó nada y él aprovechó el momento para llevársela de la pista de baile. No sabía qué iba a decirles a sus amigos... En cuestión de unos segundos estaban de vuelta en la mesa. Andreas se disculpó ante los Otterman y les invitó a ir a su casa antes de que regresaran a los Estados Unidos. Sus modales eran impecables y su tono resultaba distendido. No tenía que dar explicaciones y no había artificio o torpeza alguna en su voz grave.

Mientras caminaban por el vestíbulo, Magenta se dio cuenta de que no recordaba haberse despedido de nadie. Lo único que reclamaba su atención en ese momento era el roce del brazo de Andreas sobre sus hombros.

Iba a pasar. A pesar de todo lo que había dicho y de todas las objeciones que había puesto, iba a irse a la cama con Andreas Visconti, otra vez. Y no entendía cómo había sido capaz de llegar tan lejos en tan pocos días.

No hubiera sido capaz de parar lo que estaba ocurriendo, aunque hubiera querido hacerlo. Metió la mano por debajo de su chaqueta y se agarró de su cintura.

El calor de su cuerpo era irresistible. Se moría por tocarle, por palpar sus músculos duros, por sentir su piel ardiente.

Loca de deseo, Magenta no hacía más que contar los segundos que faltaban para llegar al coche.

–¡Andreas! ¡Andreas Visconti!

Un hombre que acababa de pasar por su lado se había detenido y retrocedía hacia ellos. Estaba un tanto escaso de pelo y parecía unos años mayor que Andreas.

–¡Cuánto tiempo! –le estrechó la mano–. ¿Cinco años? No, más aún. ¿Seis?

Andreas le dio un buen apretón de manos. Al parecer el hombre se llamaba Gerard y era el ayudante de cocina del restaurante de Giuseppe Visconti. También había asistido a la cena porque tenía acciones en un pequeño hotel de Brighton.

–Sentí mucho lo de tu padre –le estaba diciendo a Andreas–. Todo ocurrió tan rápido. Pero he oído que te va muy bien –añadió, mirándole con cierta envidia. Su barriga redondeada indicaba que la naturaleza no le había dotado de una genética tan buena–. Y en todos los sentidos –dijo, mirando a Magenta.

Al sentir la curiosa mirada de aquel extraño, Magenta se tapó más con la estola. Tenía la sensación de que le conocía, pero algo la hacía estar en guardia. Algo le decía que la experiencia vivida con el tal Gerard no había sido precisamente agradable.

–Tengo que decir que me alegro de veros juntos de nuevo –dijo, sin dejar de mirarla–. Siempre me pareció una pena que dejaras escapar a esta chica encantadora –añadió, rozándole el hombro con un dedo para enfatizar sus palabras.

–No sabía que estuvieras al tanto de que habíamos estado juntos –dijo Andreas. Su voz se había vuelto notablemente fría.

–Creo que todos estábamos al tanto –dijo, guiñándole un ojo a Magenta–. Eras la envidia de todos los hombres que trabajaban en esa cocina, muchacho. De hecho, alguna vez pensé tirarle los tejos cuando lo dejasteis, pero entonces murió tu padre. El restaurante cerró... –hizo un expresivo gesto con las manos–. Me quedé sin trabajo y esta preciosa señorita ya había llamado la atención de alguien mucho más listo y rico que tú y yo.

Magenta no tenía que preguntar para saber que hablaba de Marcus Rushford. A su lado, Andreas parecía tenerlo todo bajo control, pero no era más que una fachada. La hostilidad crecía por momentos.

–Bueno, ha sido un placer volver a verte, Gerard.

Pero, como ves, tenemos un poco de prisa. Buenas noches —añadió y echó a andar, guiándola hacia el aparcamiento.

—¿Alguna vez quiso algo contigo cuando estábamos...? —le preguntó mientras caminaban entre las sombras. Su rostro era una máscara rígida y seria.

—Se me insinuó —recordó Magenta de repente al subir al coche.

—¿Qué? ¿Cuándo? ¿Dónde?

—¡No lo sé! —Magenta dejó caer la cabeza contra el reposacabezas—. Solo sé que lo hizo.

—¿Y te pareció bien?

Magenta le miró, atónita, al tiempo que arrancaba el coche.

—Estás de broma, ¿no?

La mirada que le lanzó Andreas era insultante y escéptica.

—Sí, claro. ¡Me encantó!

Él salió del aparcamiento haciendo una maniobra innecesariamente brusca. Su camisa parecía más blanca que nunca en la oscuridad.

Estaba enojado porque Gerard había sacado a colación su relación con Marcus Rushford, sin saber el daño que iba a hacer. O quizás sí lo sabía...

—Gerard se me insinuó. Los hombres lo hacían. Lo hacen. No puedo evitarlo.

—Y ellos tampoco —le dijo él, dedicándole una mirada reprobatoria.

Magenta se bajó la falda del vestido de forma automática. De repente se sentía demasiado expuesta.

—¿Y qué vas a hacer? ¿Me vas a encerrar y vas a tirar la llave?

Él no contestó. Parecía demasiado ocupado cambiando las luces largas para no deslumbrar al coche que se aproximaba de frente.

—Eso es ser posesivo, Andreas.

¿Era eso por lo que habían roto? ¿Se había visto asfixiada por una relación que era demasiado intensa?

—Si es así, no me puedes echar la culpa de ello, ¿no crees?

—¿Por qué? ¿Por mi aspecto? Prácticamente me vestiste hoy, ¿recuerdas? Y no eres la clase de hombre que pasa desapercibido por ahí precisamente.

—¿Es esa tu forma de recordarme dónde estábamos hace una hora?

—No —se apresuró a decir Magenta. Era demasiado fácil reavivar la llama que les había hecho salir a toda prisa del salón de baile.

—Como quieras —dijo Andreas, respirando profundamente. No volvió a decir ni una palabra durante el resto del viaje.

Capítulo 8

QUIERES un gorro de dormir?

Andreas se había quitado la chaqueta y aflojado la pajarita.

–No. Creo que voy a leer un rato. ¿Puedo preguntarte si me dejas el libro de Byron?

Él levantó la vista. Se estaba sirviendo una copa.

–¿Sigues siendo una romántica incorregible?

Ella no dijo nada.

–Creo que ya has adivinado, o que ya sabes, que es tuyo.

Ella asintió. Quería preguntar por qué lo tenía él, pero el momento no era el adecuado.

–Ve y búscalo –le dijo él, dándose la vuelta.

Magenta le deseó buenas noches y subió las escaleras con pies de plomo. Asía con fuerza la estola y el bolso. Le deseaba y él la despreciaba. Y seguramente también se despreciaba a sí mismo por desearla. Ese debía de ser el motivo por el que había puesto freno a esos deseos arrebatadores en cuanto le habían recordado la clase de mujer que creía que era.

El libro estaba donde lo había dejado, entre un tomo de literatura clásica y una biografía de Winston Churchill.

Tratando de no mirar hacia la imponente cama, atravesó la habitación. Imágenes inesperadas la asaltaban una y otra vez. Se veía a sí misma en la cama con él, desnuda, entre los pliegues de la sedosa manta de la cama.

Dejó el bolso y la estola sobre un baúl de estilo jacobino y se dispuso a retirar el libro. De repente la luz que había encendido al entrar se convirtió en un tenue resplandor.

Al darse la vuelta se encontró con Andreas.

–¿Todavía estás aquí?

Magenta gesticuló.

–Sí –la garganta se le había contraído tanto que apenas era capaz de articular las palabras.

Él empezó a caminar hacia ella. En algún punto indefinido empezó a desabrocharse la camisa. Magenta reparó en el fino vello que le cubría el pecho. Estaba tan cerca de ella que solo tenía que extender el brazo para tocarle, pero no lo hizo. Se quedó inmóvil, esperando.

Él levantó una mano, la agarró de la barbilla y le dio un beso en los labios.

Magenta quería rodearle el cuello con los brazos y aferrarse a él, pero la incertidumbre la tenía paralizada. Sus dedos apretaban con fuerza la superficie del libro.

–¿Qué vamos a hacer ahora?

Magenta no podía verle los ojos. Los escondía detrás de unas pestañas largas y copiosas.

–No quiero quedarme sola –le dijo, consciente de que su mirada la delataba.

Sin decir ni una palabra, Andreas fue a cerrar la puerta y regresó junto a ella. Su mirada penetrante la atravesaba de lado a lado. Una expectación vibrante sacudía a Magenta por dentro y le impedía respirar con normalidad. Tenía los ojos llenos de deseo, las pupilas dilatadas.

Andreas reparó en el libro que aún asía como si le fuera la vida en ello. Se lo quitó de las manos y entonces comenzó a quitarle las horquillas del pelo. Los hambrientos sentidos de Magenta absorbían el aroma almizclado de su piel, su calor...

Su melena larga se precipitó sobre sus hombros de repente como una cascada de seda color chocolate. Andreas le quitó el collar de plata y lo dejó todo a un lado. La observó durante unos segundos y entonces tiró del nudo del cinturón. El vestido se abrió fácilmente.

Magenta cerró los ojos. Su respiración entrecortada la traicionaba. Le oyó suspirar de repente. Era evidente que le gustaba lo que veía. Debajo del traje solo llevaba un sujetador y un tanga de encaje azul oscuro. Las medias hasta los muslos, de color natural, le daban un toque erótico a sus largas piernas.

De pronto Magenta recordó algo. La pequeña cicatriz que cruzaba su abdomen no estaba ahí la última vez que se había visto desnuda.

—Apaga la luz, por favor. Por favor, apágala.

Sin decir ni una palabra, Andreas la agarró de la cintura. El calor de sus manos sobre la piel desnuda la hacía temblar de placer. Las sintió sobre el cuerpo, sobre las caderas, el trasero. Al mismo tiempo sentía su lengua entre los pechos, descendiendo cada vez más. De pronto se arrodilló ante ella y besó la cicatriz de la cesárea.

—Eres preciosa —le susurró.

—Y tú también —le dijo ella. La emoción la atenazaba mientras hacía aquello que llevaba mucho tiempo deseando hacer: acariciarle el pelo.

Quería más de él. Lo quería todo. La respiración se le quedaba atascada en los pulmones mientras sentía sus besos sobre la curva de los pechos.

—Ten paciencia. Paciencia —aunque sonaba sin aliento, su tono de voz era juguetón y sus manos jugaban a un juego implacable que la atormentaba.

Metiendo las manos por dentro del fino encaje del sujetador, le agarró los pechos sin llegar a tocarle los pezones, cada vez más sensibles y excitados.

Cuando por fin lo hizo, no obstante, Magenta no pudo hacer otra cosa que no fuera gemir de placer.

—Eso es lo que más me gustaba de ti —murmuró él.

Incluso su voz la excitaba. Amenazaba con volverla loca. Su aliento caliente le abrasaba la oreja.

—Siempre agradeciste mucho las cosas pequeñas.

Esa era su técnica personal. Le dosificaba el placer y fingía sorprenderse al ver su respuesta desenfrenada cuando por fin le daba lo que pedía. Magenta sabía que ya había traspasado el último umbral del éxtasis a su lado. Sabía que le había dejado llevarla a un sitio al que ningún otro hombre la había llevado.

Dejándose guiar por la experiencia y por el recuerdo de los juegos a los que solían jugar, se movió hacia él y buscó su abrazo.

—Bueno, lléname de agradecimiento entonces.

Él dejó escapar una carcajada. Era un sonido sensual. La levantó del suelo y la llevó a la cama.

Su cuerpo era tan suave... Andreas se tumbó a su lado. Era tan suave como el vestido que estaba en el suelo junto a la cama. Aunque hubiera olvidado muchas cosas, sí recordaba lo que estaba a punto de ocurrir. Su propio cuerpo respondía rápidamente cuando ella gemía y se movía bajo sus manos.

Le quitó el sujetador y las braguitas rápidamente e hizo lo mismo con los zapatos. Sin embargo, cuando llegó el momento de quitarle las medias, se tomó su tiempo.

Estaba allí tumbada, con los brazos por encima de la cabeza, esperándole. La tentación se burlaba de él. Le provocaba. Necesitaba hacer acopio de todo el autocontrol que tenía en ese momento para no adentrarse en ella inmediatamente. No quería sucumbir a ese deseo incontrolable. Sin embargo, merecía la pena esperar y ver cómo se le oscurecían los ojos mientras le descubría las piernas. Con un movimiento sutil de la mano, rozó un instante el centro de su feminidad y entonces comenzó a quitarle las medias.

—Andreas...

Magenta estaba muy húmeda. Podía sentir el calor de su sexo en la mano.

—¿Qué pasa, cariño? —su propia erección era tan caliente e intensa que apenas podía hablar mientras la sentía retorcerse contra él. Necesitaba estar desnudo con ella, sentir todo su cuerpo.

Andreas se quitó la ropa rápidamente, se protegió y entonces volvió junto a ella. Empezó a jugar con su sexo caliente y suave.

Magenta contuvo el aliento y tiró de él para que entrara más adentro.

Era un placer sentir sus manos sobre la piel, un placer del que podía disfrutar como si fuera la primera vez. La deseaba como nunca había deseado a ninguna mujer en toda su vida, pero no podía utilizarla como un joven egoísta. Fuera lo que fuera lo que le hubiera hecho, tenía que tratarla con cuidado, con toda la consideración que exigía la madurez.

En una ocasión había llegado a creer que le habían puesto sobre la faz de la Tierra solamente para darle placer a Magenta James, y en ese momento lo hacía con toda la habilidad y experiencia acumuladas hasta ese momento de su vida. Se tomó su tiempo, se familiarizó una vez más con todos los rincones y caminos secretos que le ofrecía su exquisito cuerpo. Recordó sus gustos, lo que la volvía loca... Era como si esos seis años jamás hubieran pasado. Era como si no hubiera habido otros amantes.

Un buen rato más tarde, cuando ella suspiraba por la única cosa que aún no le daba, la agarró de las nalgas y le alzó las caderas para penetrarla. En cuanto comenzó a adentrarse en ella, la sintió retroceder sutilmente. Se mantuvo quieto durante unos segundos. No era como había esperado en un principio.

Ella estaba tensa como una vara.

Magenta dejó escapar un suspiro tembloroso cuando él empujó con fuerza. Era un sonido de inconfundible placer, después de la incomodidad inicial.

—¿Te estoy haciendo daño? —le preguntó Andreas, con la respiración entrecortada. Estaba a punto de perder el autocontrol.

Ella negó con la cabeza. Se preguntaba si era por la cesárea... Si hubiera tenido un parto normal, a lo mejor esa incomodidad inicial no se hubiera producido. Pero no lo había tenido y había pasado mucho tiempo desde la última vez que había hecho el amor con alguien.

Era extraordinario tenerle dentro de ella.

Levantó las caderas hacia él y él empujó más y más adentro hasta llenarla por completo, hasta completarla. De repente todo se desvaneció a su alrededor. Lo único que existía era el placer de sus cuerpos juntos, sincronizados.

Andreas empezó a moverse y ella le siguió el ritmo. Era una cadencia tan natural como el acto de respirar. Con cada embestida de su cuerpo, se la llevaba con él, hacia arriba y hacia afuera. La hacía alcanzar cotas de abandono que jamás había creído posibles. Se sentía completa por primera vez en mucho tiempo y se aferraba a él como si no hubiera mañana. Ondas de placer la sacudían una y otra vez y la hacían gemir, abriéndole el alma y la mente.

Era suya para siempre y sabía que siempre lo había sido, incluso cuando era joven e ingenua, cuando luchaba contra la atracción que sentía por él, cuando quería ser libre pero no podía. Al reconocer ese hecho, se daba cuenta de que siempre había estado irremediablemente enamorada de Andreas. El pasado caía sobre ella como una ola gigantesca, salida de la nada. La cruda realidad quedaba expuesta por primera vez.

A los diecinueve años de edad creía que iba a comerse el mundo, que su cuerpo y su rostro iban a llevarla a la fama. Recordaba haber deseado el éxito por encima de todo lo demás. Su aventura de cuatro meses con Andreas había quedado relegada a un segundo plano, y también el respeto que debía sentir por sí misma.

Magenta frunció el ceño para aguantar la punzada de dolor que la atravesaba por dentro. Había sido una mercenaria egoísta. No quería recordar, pero la experiencia arrolladora de hacer el amor con él había roto las cadenas de su amnesia y las últimas barreras de su resistencia estaban cayendo.

Había sido ambiciosa, cruel. No tenía pensado dejar entrar en su vida a un hombre como Andreas Visconti tan pronto.

–No es suficiente para mí –le había dicho cuando él le había pedido que se casara con él.

Le había hablado de sus planes para el negocio de su familia. Quería convencerla de que podían tener éxito juntos. Había insistido mucho y habían llegado a discutir, pero después todo se había resuelto en la cama, como siempre.

Las discusiones eran tempestuosas y acaloradas. Eso lo recordaba muy bien. Y siempre discutían por las mismas cosas; su madre, su familia, su ambición por tener una carrera... Incluso había llegado a acusarle de no querer que triunfara en el mundo de la moda. Sin embargo, nunca había sido capaz de resistirse a él, pero había hecho todo lo posible para ahogar sus sentimientos y se había autoconvencido de que no eran más que sensaciones generadas por el deseo sexual.

Marcus Rushford la había descubierto en un estudio donde le estaban haciendo unas fotos para un book. Se había dejado engatusar por su interés. Era mayor que ella; un hombre de mundo. Tenía muchos contactos importantes e influyentes en la industria de la moda. Le había dicho que era el nuevo rostro de actualidad y ella había caído en la trampa como una tonta. Se había dejado llevar por todas esas promesas de fama.

¿Pero qué chica no lo hubiera hecho? Después de tantos años vividos en la pobreza más absoluta, con una madre alcohólica y un certificado de nacimiento que decía «padre desconocido», había sido demasiado fácil dejarse seducir por un sueño.

En el certificado de Theo aparecía lo mismo. De repente se dio cuenta. El espacio donde debía estar el nombre de Andreas debía de estar en blanco.

En el colegio se habían metido mucho con ella por eso, y también por la fama de su madre y por la situación en la que se encontraban. ¿Cómo no iba a desear una vida mejor?

En algún momento indeterminado, Andreas se había apartado de ella. Yacía a su lado, respirando profunda y regularmente. Retirando la manta, Magenta se levantó de la cama sin hacer mucho ruido. No quería despertarle.

Se puso el albornoz que encontró detrás de la puerta del baño y se sentó en la ostentosa alfombrilla que estaba junto al jacuzzi.

Marcus Rushford la había hecho perder la cabeza. Nada importaba por aquel entonces excepto esa nueva ilusión que había en su vida. Para una chica que no tenía nada, todas esas promesas habían sido una tentación difícil de resistir.

Cuando había roto con Andreas y él la había desafiado a que negara sus sentimientos, se había reído en su cara.

—¿De verdad pensaste que iba en serio contigo? ¿Con esto? —le había dicho, refiriéndose al restaurante y a todo lo que le había ofrecido—. ¿De verdad pensaste que quería pasar el resto de mi vida sirviendo cafés y porciones de pizza en una cafetería de mala muerte? ¡Antes muerta que dejarme ver en ese sitio!

Había sido muy ofensiva. Le había hablado sin corazón. Pero por dentro tenía mucho miedo porque quería ser libre, libre para perseguir sus propios sueños.

Unos días más tarde, sintiéndose culpable por todo el dinero que Andreas debía de haberse gastado en ese volumen de poemas de Byron, había ido a verle para devolvérselo, pero no había hecho nada para esconder las evidencias de la pasión de otro hombre en su cuello. Se avergonzaba de sí misma con solo pensar cómo había exhibido esas marcas ante él, con crueldad y descaro. Se había exhibido sin piedad ante el hombre que había querido casarse con ella y cuya cama había abandonado muy poco tiempo antes.

Cuando le había devuelto el libro, él lo había tirado contra la pared. Le había dicho que era igual que su madre, una mala persona. Pero a ella le había dado igual en aquel momento. Lo único que le importaba entonces era sacar adelante su carrera como modelo.

Se había vendido al mejor postor. Eso le había dicho él.

Magenta tembló por dentro. Sabía muy bien qué había querido decir con eso. Su madre iba a entrar en una clínica de rehabilitación y tenía intención de deshacerse de la casa, así que se había mudado al lujoso apartamento de Marcus Rushford en cuanto había tenido ocasión.

La gran oportunidad le había llegado tan solo unas

semanas después de haber vivido esa penosa escena con Andreas. Se trataba de un contrato importante con una firma de productos para el pelo. Era todo lo que esperaba por aquella época, pero no había tenido más remedio que rechazar la oferta. Acababan de darle la peor noticia de su vida. Estaba embarazada, de Andreas.

Marcus la había abofeteado al enterarse. Le había dicho que no iba a respaldarla si no hacía lo que tenía que hacer.

Había pasado toda una semana llorando, reviviendo la angustia de aquel momento. Y al final le había dicho que no estaba dispuesta a abortar. Había tomado un autobús hasta el barrio donde vivía antes para decírselo a Andreas. No tenía intención de pedirle que volviera con ella. Sabía que no tenía derecho a hacer algo así y también sospechaba que él no iba a creerse que el hijo fuera suyo, pero al menos debía intentar hacérselo saber.

A unos pocos metros del restaurante, las fuerzas le habían fallado. Se había escondido en la puerta de una panadería. El miedo se había apoderado de ella de repente al recordar algo que él le había dicho.

–Si te quedaras embarazada e insistieras en criar al niño sola... –ella misma le había amenazado con hacerlo en alguna ocasión–. Entonces será mejor que sepas desde ahora que haría todo lo que estuviera en mi mano para conseguir la custodia de mi hijo con tal de no verlo crecer junto a una madre consumida por la fama y una abuela alcohólica y dependiente de los hombres.

Un miedo desconocido la había paralizado en el umbral de esa panadería. Y había sido en ese momento cuando se había dado cuenta de que quería al bebé de Andreas más que a nada en el mundo.

Había intentado llamarle una vez después de aquello. Había llamado al restaurante con la excusa de querer hacer una reserva. Esperaba que él contestara, pero la voz que había oído al otro lado de la línea no había sido la de Andreas Visconti.

Un tiempo después se había enterado de que se había marchado a los Estados Unidos.

Marcus había intentado presionarla para que no tuviera al bebé. Le decía que iba a arruinar sus posibilidades de llegar a ser una modelo de renombre. Se lo decía una y otra vez. Parecía disfrutar cada vez que le explicaba lo mucho que el embarazo le estropearía la figura. La había puesto contra la espada y la pared.

Y ella había elegido marcharse. Su madre se encontraba mucho mejor por aquella época y le había permitido quedarse en su diminuto apartamento de una habitación de manera temporal. Dormía en el sofá y hacía cualquier trabajo que surgiera. Su única meta era ahorrar suficiente dinero para poder alquilar una casa y mantener al bebé.

Pero un día el destino había dado un amargo giro y se había despertado dos meses más tarde, paralizada, con un precioso niño en los brazos y un difuso recuerdo de su padre.

Entró en el dormitorio de nuevo y, tras haberse asegurado de que Andreas seguía durmiendo, recogió la ropa interior y las medias y regresó a su propia habitación intentando hacer el menor ruido posible.

Había borrado todos esos recuerdos porque eran demasiado dolorosos.

Recordaba lo que Andreas le había dicho en aquel

ascensor. Le había dicho que llevaba un pañuelo para esconder las marcas de la pasión de otro. En ese momento no le había entendido bien, pero las piezas del puzle acababan de encajar. Sin embargo, él no sabía la verdad y no podía decírsela. Si lo hacía, se daría cuenta de que Theo era su hijo. Y no podía arriesgarse. Andreas Visconti la despreciaba demasiado, aunque tuviera motivos contundentes para ello.

Además, era evidente que aún pensaba que podía comprarla con dinero. Le había hecho el amor para obtener una satisfacción propia, para demostrarle que podía tenerla cuando quisiera, y ella había caído en la trampa.

Magenta se dio cuenta de que estaba llorando, pero no podía parar. El dolor la partía en dos.

¿Cómo había dejado que ocurriera? Sabía que él la despreciaba y, después de recordar lo mal que le había tratado, no era de extrañar que la creyera cruel y promiscua. Había tenido su amor y lo había pisoteado como si no valiera nada.

Magenta se hizo un ovillo en la cama y pensó en lo increíble que había sido hacer el amor con él. Había sido algo extraordinario, pero solo había servido para hacerla caer aún más. Le amaba sin remedio, sin tregua.

Y él...

Por mucho que doliera, tenía que enfrentarse a la verdad. Él había logrado su venganza. Había obtenido su rendición absoluta e incondicional. Era demasiado orgulloso como para volverse a involucrar emocionalmente con ella.

Capítulo 9

MAGENTA durmió encima de la manta durante el resto de la noche.

Se levantó tarde y, nada más hacerlo, buscó el teléfono móvil en la mesita de noche, donde lo había dejado junto al resto de cosas que tenía en el bolso. Finalmente lo encontró en un bolsillo del albornoz de hombre que llevaba puesto.

–¿Por qué no me dijiste lo de Andreas? –preguntó sin más preámbulos en cuanto su madre contestó.

Hubo un silencio al otro lado de la línea.

–¿Por qué? –Magenta insistió. Estaba junto a una ventana, contemplando el paisaje. Un faisán merodeaba por el jardín. Su plumaje cobrizo refulgía a la luz del sol–. ¿Por qué no me dijiste que había tenido una relación con él? ¿Por qué no me dijiste que mi bebé, mi precioso bebé, era de él?

–Pensé que era mejor así –Jeanette se puso a la defensiva–. Yo sabía lo que la familia Visconti pensaba de ti, lo que pensaba de las dos, y quería algo mejor para ti. Me alegré cuando le dejaste, pero entonces, cuando volviste a ese apartamento conmigo, te oía llorar todas las noches. A veces, mientras dormías, decías su nombre. Cuando tuviste esa hemorragia y no podías recordar nada de él, pensé que le habías olvidado para siempre. Yo quería que empezaras de cero. No quería que tuvieras que depender de ningún hombre, o que te vieras obligada a necesitar de nadie en tu vida, tal y como siempre me pasó a mí. Pensé que no importaba si Theo sabía o no quién era su padre. Después de todo, no te hizo ningún mal.

Magenta recordó con sarcasmo a la criatura egoísta y hedonista que había sido en el pasado.

—No tenías derecho a hacer eso —le dijo. Las palabras eran un pequeño grito salido de sus entrañas. Tenía el corazón dolido después de todo lo que había recordado de sí misma, después de todo lo perdido.

Era una humillación enorme haber terminado en la cama con el hombre que la despreciaba por todo ello.

—Solo pensaba en ti. ¿Pero por qué me preguntas todo esto ahora?

—No importa. Ya te llamaré luego —dijo Magenta en un tono de cansancio. No tenía ganas de explicarle en ese momento cómo había vuelto a encontrarse con Andreas y cómo lo había recordado todo la noche anterior.

Se moría por darse una ducha. Aún seguía adormilada. Y después de lo ocurrido la noche anterior no tenía ganas de enfrentarse a Andreas de nuevo. Se quitó la camiseta blanca y el pantalón de chándal a juego, se hizo un moño y decidió tomarse un tiempo antes de llegar a una conclusión.

La casa estaba en silencio cuando bajó al vestíbulo.

La fina gasa de las cortinas del balcón se movía al ritmo de la brisa matutina. Magenta decidió salir rápido para no encontrarse con nadie. A medio camino de la puerta oyó la voz de la señora Cox.

—Si está buscando al señor Visconti, salió a primera hora –le dijo el ama de llaves, dándole un susto de muerte. Estaba colocando unas flores sobre una mesa situada detrás de la puerta–. ¿Quiere que le prepare el desayuno ahora o prefiere esperar?

–No...no, gracias –le contestó Magenta, tartamudeando.

¿Cómo era posible que pudiera seguir con su vida y con el trabajo como si no hubiera pasado nada el día anterior?

–Quiero decir que... esperaré. Gracias –de alguna forma logró esbozar una sonrisa y entonces salió a la terraza. Necesitaba una buena bocanada de aire fresco.

Era una de esas frescas mañanas de verano que solo podían darse en Inglaterra. Echó a correr, por la terraza, por el jardín. No se detuvo hasta haber cruzado el pequeño puente que pasaba por encima del arroyuelo. Se adentró en los bosques.

El sendero estaba húmedo, cubierto de hojas. Sus pies hacían un sonido seco al golpear el suelo. Pensó en la primera vez que había hecho algo así, casi dos años después de haberse quedado totalmente paralizada, en coma, y dio las gracias a todos los que la habían ayudado una vez más. Sin ellos, jamás hubiera podido salir de aquello.

Quería seguir corriendo, pero le dolían mucho los pechos después de toda la pasión que había compartido con Andreas. Tenía las mejillas rojas.

¿Cómo se había dejado utilizar por Andreas Visconti? Aminoró el paso.

–¿Dando un paseo, Magenta?

Andreas apareció detrás de ella de repente, como si acabara de invocarle con los pensamientos. El contorno de su pecho y de sus brazos se veía realzado por una camiseta blanca que combinaba con unos pantalones de chándal negros.

—No vas a estirar bien si sigues caminando a este paso.

Pasó por su lado y se volvió para mirarla. Le brillaban los ojos.

—Ya he estirado bastante. Gracias —le contestó Magenta escuetamente, sin darse cuenta del doble sentido de sus palabras.

Por suerte, él optó por ignorar el comentario.

—Ya he terminado de correr —añadió ella—. Además, mi anatomía no está diseñada para disfrutar de la misma libertad que tienes tú.

Andreas la miró de arriba abajo y entonces cayó en la cuenta.

—¡Ah! —había bajado el ritmo y poco a poco empezaba a caminar a la par que ella.

—Magenta, ¿te importa si te hago una pregunta personal?

Ella le miró un instante.

—¿Por qué no? Me la vas a hacer de todos modos.

Andreas frunció el ceño, como si cuestionara sus palabras.

—¿Cuándo fue la última vez que hiciste el amor?

La pregunta era tan inesperada que Magenta no fue capaz de responder inmediatamente.

—Tú deberías saberlo —le dijo finalmente, mirando al frente.

—Lo digo en serio, Magenta.

—Tienes razón —Magenta soltó el aliento con exasperación—. Es una pregunta demasiado personal.

¿Cómo iba a decirle que solo había habido un

hombre en su vida y que lo tenía delante en ese momento?

—¿Es por eso que te escabulliste antes de que me despertara, y con mi albornoz?

Magenta se daba cuenta de que intentaba restarle importancia al asunto.

—No te preocupes. Lo recuperarás —le dijo en un tono áspero.

Andreas la agarró del brazo de repente y la hizo detenerse.

—El albornoz no me preocupa, pero sí que me preocupa tu actitud esta mañana. ¿Qué sucede, Magenta?

Un zorzal cantaba desde lo alto de un fresno.

—¿Me estás diciendo que te arrepientes de lo que ha pasado entre nosotros?

Andreas la atraía hacia él cada vez más. Magenta sintió que se le contraían los pulmones.

Quería hablar, pero no podía, porque él la estaba besando de repente.

—No... —murmuró, pero su súplica se perdió entre las notas del dulce canto del pajarillo.

—No me parece que te arrepientas mucho.

Andreas soltó el aliento sobre su cuello. Estaba satisfecho. Magenta sintió la corteza de un árbol contra la espalda. Le estaba bajando la cremallera de la camiseta. Era adicta a sus manos. Solo ellas podían hacerla gritar de placer. Él capturó sus labios y Magenta se movió, rozándose contra él. Las duras superficies de sus músculos eran estimulantes. Su erección se hacía evidente a través de la fina tela del chándal.

De repente sintió la mano de Andreas sobre su sexo. Podría haberse dejado llevar, pero el graznido de un mirlo que acababa de emprender el vuelo la hizo salir del trance.

—¡No! ¡No!

Se apartó de él con brusquedad. Respiró profundamente para recuperar la cordura y se colocó la camiseta.

—Magenta... —él estaba sin aliento y le costaba mantener el control.

—¡No! —volvió a gritar ella y echó a correr.

Cruzó el puente. ¿Cómo iba a decirle todo lo que tenía que decirle si cada vez que la tocaba perdía la razón?

Cuando llegó al jardín, él ya iba a su lado. Había un pequeño coche de color bronce aparcado sobre la grava.

—Tienes visita —observó Magenta. Lo último que necesitaba era tener que ejercer de anfitriona.

En ese momento solo quería darse una ducha y buscar el coraje que necesitaba para decirle a Andreas que no podía quedarse en su casa ni un minuto más. ¿Cómo iba a recuperar la autoestima alguna vez si no se marchaba?

—No —le dijo él, sacando una llave del bolsillo de sus pantalones de chándal—. Toma. Es tuya —le dijo, entregándosela.

Magenta dio un paso atrás de manera automática.

—¿Para qué? ¿Por los servicios prestados? —de repente todo se había vuelto muy doloroso.

Él le dedicó una mirada reprobadora.

—Por los servicios que todavía me has de prestar. Si vas a trabajar para mí, durante el tiempo que sea, vas a necesitar transporte. No puedo poner un coche con chófer a tu disposición todos los días.

–Andreas –Magenta se había detenido al borde del jardín. No quería aceptar la llave–. No creo que sea buena idea, lo de trabajar juntos.

–¿Trabajar juntos? –él la miraba de reojo. Sus ojos color zafiro eran demasiado intensos, penetrantes–. ¿O te refieres a dormir juntos?

–Sí. No. Las dos cosas.

Andreas arqueó una ceja casi de forma imperceptible.

–Anoche no parecías tener muchos reparos.

–Anoche estaba... afectada.

–¿Por qué? No fue por el alcohol. Ni siquiera probaste ese champán que te dieron para brindar.

–Ya sabes a qué me refiero. Lo de anoche lo cambió todo.

–¿Por qué? ¿Porque te niegas a admitir que hay algo entre nosotros que ni siquiera tú puedes controlar?

–Solo es sexo.

–Sí, lo sé. Pero eso siempre lo hemos sabido, ¿no? O por lo menos tú sí que lo sabías. ¿Es tan malo que nos veamos al mismo nivel ahora? Creo que es mejor que lleguemos a entendernos, que sepamos que no hay compromiso alguno. Creo que te vendrá bien saber que no me voy a poner de rodillas y a pedirte que te cases conmigo. Es mejor saber que nadie va a herir a nadie.

«Solo yo voy a salir herida», pensó Magenta.

Andreas Visconti había aprendido la lección. Jamás volvería a abrir su corazón. Jamás volvería a poner en juego sus emociones por ella.

–No me voy a quedar aquí –le dijo ella con firmeza–. Y no me voy a llevar el coche. Sé que piensas que puedes comprarme. Y tienes razón. Me dejé comprar en una ocasión. Pero, al igual que tú, aprendí por las malas que lo que queremos no siempre es bueno para nosotros, y que todas las cosas que nosotros creemos importantes no pueden ser borradas en un minuto. En cuanto a las cosas materiales, bueno, no cuentan. Eso es todo. Así que prefiero no sentirme en deuda contigo, si no te importa.

Magenta había metido las manos en los bolsillos frontales de la camiseta. Echó a andar de nuevo. Miraba al frente, hacia la casa. Las lágrimas amenazaban con caer en cualquier momento. Sus deportivas hacían crujir la grava del suelo.

—¿Es por eso que dejaste el vestido en mi habitación? ¿Y también las otras cosas que te compré? ¿Te hacían sentir en deuda?

—¿Tú qué crees? —ni siquiera le miró. Siguió andando.

—Ya te dije que eran gastos de empresa —le recordó él.

—Bueno, es una forma de decirlo, ¿no? Querías meterme en tu cama simplemente para satisfacer un retorcido sentido de la venganza. Yo lo sabía, pero seguí adelante y me acosté contigo. Pero me he acordado, Andreas. Lo recuerdo todo. Simplemente no me había dado cuenta hasta ahora de lo mucho que querías herirme. Y, de acuerdo, a lo mejor tenías motivos, pero... ¿tienes idea de cómo me siento ahora?

—Magenta...

—¡Sí, seguro que sí! —Magenta siguió adelante. Miró hacia el coche de reojo—. Bueno, me has dado mi merecido, y debes de sentirte muy bien, sobre todo teniendo en cuenta que no has tenido que esperar mucho. Pero no voy a...

–¡Magenta!

Unos dedos firmes la agarraron del brazo justo cuando empezaba a subir los peldaños de la terraza.

–Lo que pasó... pasó. No había ninguna intención de venganza ni malicia alguna.

Andreas se adelantó un paso, quedando por encima de ella.

–¡Ja! –Magenta trató de pasar por su lado, pero fue inútil. Su musculoso cuerpo era como una pared impenetrable–. Déjame pasar.

–No. No hasta que haya dicho lo que tengo que decir.

Magenta levantó la mirada y se encontró con unos ojos severos.

–Admito que empecé de esa manera. Quería darte de tu propia medicina. Pero la venganza no es buena para nadie, y quiero dejar atrás el pasado tanto como tú. Te hice el amor anoche porque no había nada en este mundo que deseara más que eso. Y, si recuerdas bien, te dejé tomar la decisión final. No te obligué a nada.

–Pero sabías que, si me besabas, me quitabas la fuerza de voluntad.

–No. Eso no lo sabía. Pensaba que me ibas a mandar a casa aquel día, en el jardín.

–¡Ojalá lo hubiera hecho!

–¿Por qué? ¿Para que pudieras seguir protegiéndote a ti misma detrás del escudo de la amnesia? ¿Hubieras querido que las cosas fueran así?

La culpa y la vergüenza se apoderaron de Magenta. Intentó escapar de nuevo, pero él se interpuso en su camino.

–Aceptemos lo que pasó anoche. De alguna forma

satisficimos un deseo común. Pero no voy a dejar que te escabullas porque tengas el orgullo herido. Necesitas este trabajo, y yo no quiero tener que buscar a otra asistente sustituta.

–No quiero ser el causante de que tu pequeño y tú acabéis en la calle, y tampoco quiero que tengáis que depender de tu tía anciana. Y en cuanto al coche... Sean los que sean mis sentimientos hacia ti, la vida te ha dado unas cartas muy malas, sobre todo después de que rompimos. Solo quería facilitarte un poco las cosas. No quería que fuera un regalo superficial para comprar tus favores, o noches como la que tuvimos ayer. Y no me digas que no fue genial.

Magenta se volvió hacia él. Apretó la mandíbula.

–Para los dos –añadió Andreas–. Sea lo que sea lo que sientes ahora, vete a casa. Hazlo. Pero llévate el coche. Es un vehículo de la empresa. Le pedí a Simon que me llevara a la oficina para recogerlo esta mañana –añadió, aclarándole por qué se había marchado sin despertarla y sin dejar mensaje alguno–. Puedes usarlo hasta que... Bueno, hasta que termines esto... o hasta que dejes de trabajar para mi empresa. No sé qué durará más.

Era evidente que estaba dando por sentado que estaría en la oficina el lunes por la mañana.

–No va... –iba a decir que no iba a funcionar, pero el sonido del móvil de Andreas la interrumpió.

–¡Magenta!

Oyó el grito de Andreas, pero ya estaba subiendo las escaleras a toda prisa, alejándose de él. Unos segundos más tarde se dio cuenta de que había dejado de perseguirla para contestar la llamada.

Nada más llegar a la habitación, se metió en la ducha. No podía llevarse el coche porque, si lo hacía, significaba que estaba aceptando otro pago de él. Había aceptado el vestido, los complementos, el trabajo... No podía seguir trabajando para él. Hacerlo significaba dejarse manipular un poco más.

Magenta bajó el rostro y frunció el ceño, dolida. No podía dejar de llorar por aquel joven que la había adorado, que le leía poesía y le daba regalos que apenas podía permitirse, el muchacho que se había enfrentado a su familia para defenderla. Aquel joven no tenía nada que ver con el hombre con el que se había vuelto a encontrar. Ese hombre podía dárselo todo, excepto su amor.

Alguien llamó a la puerta del dormitorio en ese momento. Magenta se secó rápidamente y se puso un albornoz blanco de algodón.

Era él.

—Tengo que irme a París urgentemente para asistir a una reunión y no voy a volver hasta mañana por la tarde.

Era obvio que también se había duchado. Aún tenía el pelo mojado. Se había puesto un traje oscuro y el aroma de su colonia era difícil de ignorar. Era la fantasía de cualquier mujer.

—Puedes quedarte aquí si quieres, o si lo prefieres, y sigues empeñada en no llevarte el coche, puedo decirle a Simon que te lleve a casa.

Magenta asintió. No quería que él intentara disuadirla y la desviara de su propósito.

—Si es así, te veo en la oficina el lunes por la mañana.

Ella guardó silencio y dejó que la sujetara de la barbilla para darle un beso en la boca. Apretó los puños contra el cuerpo. No quería rodearle el cuello con las manos y comerle a besos.

«Adiós, Andreas».

Cinco minutos después vio salir el coche a toda velocidad. Una hora más tarde estaba en un taxi. Se dirigía a casa.

Capítulo 10

EL PONI caminaba alrededor de la pista. Magenta observaba desde la verja de madera del área de principiantes. Saludó al pequeño jinete con la mano.

Como era la primera vez que montaba a caballo, había pensado que Theo querría que le acompañara, pero el niño se había ido con la profesora y la había dejado al borde de la pista.

Era independiente, como su padre. No había vuelto a saber nada de Andreas desde que había salido de la casa dos semanas antes. Le había dejado la carta de renuncia sobre el escritorio, aunque en realidad ni siquiera había llegado a firmar un contrato.

Él no se había molestado en contactar con ella, pero... ¿por qué razón iba a hacerlo? Había obtenido su venganza al acostarse con ella. El único contacto que había tenido con él y con la empresa había sido el finiquito que le habían puesto en la cuenta bancaria, por valor de tres meses de salario.

No quería aceptar nada de él que no fuera lo que realmente le correspondía, así que le había devuelto el dinero, pero la última visita a la oficina de desempleo la había hecho recuperar el sentido común. Si él no le hubiera impedido aceptar el trabajo que había solicitado en primera instancia, no hubiera tenido que buscar otro desesperadamente en ese momento. Y, si quería lavar su propia conciencia recompensándola de otra manera, el precio que pagaba era muy pequeño. A fin de cuentas había conseguido su venganza y lo había hecho a su costa.

Saludó a Theo con la mano de nuevo. Las lágrimas le nublaban la vista. El niño parecía totalmente concentrado y no la miraba en ese momento.

Un coche se detuvo junto a los establos, pero Magenta apenas reparó en él. Un caballo relinchó suavemente desde su cuadra. Sería otro niño que llegaba para dar la clase de equitación. Los sábados por la mañana estaban muy solicitados.

Magenta no sabía cómo iba a explicarle a Theo que esa sería su primera y última clase de equitación. De repente sintió un extraño escalofrío.

—Hola, Magenta.

Magenta sintió que el corazón se le paraba. Se dio la vuelta.

—¿Qué... qué estás haciendo aquí?

—Te he estado buscando.

Como siempre, iba vestido para hacer negocios y su rostro no desvelaba emoción alguna. Seguramente iba a alguna reunión importante, o acababa de volver.

—¿Cómo me has encontrado?

Andreas apretó los labios. Era una imagen curiosa verle allí, tan elegante y bien vestido, con el pelo alborotado por el viento, delante de los establos.

—Por casualidad. Fui a tu casa primero y tu vecina del piso de arriba estaba saliendo en ese momento. Me dijo que habías traído a Theo a su primera clase de equitación, que seguramente te encontraría aquí.

–¿Por qué? –le preguntó Magenta, mirándole a los ojos.

–Por la forma en que te marchaste, sin decir ni una palabra, y sin advertencia alguna. Ni siquiera te dignaste a hablarlo conmigo.

–Te dejé una carta de renuncia. Pensé que no hacía falta dar más explicaciones.

Él respiró profundamente y entonces apoyó la mano sobre la barra superior de la verja de madera. Estaba tan cerca que podía sentir el embrujo de esa oscura química que existía entre ellos. El pulso se le aceleraba y su propio cuerpo gritaba por acercarse a él.

–¿Este es Theo? –le preguntó él de repente, mirando al chico.

–Sí.

–Parece que ha nacido para montar.

Magenta dejó escapar una pequeña risotada y se aferró a la verja con ambas manos, como si fuera la única cosa capaz de mantenerla en pie. Recordaba haber montado a caballo con Andreas en el pasado. Se le había dado bien.

–Igual que tú has nacido para volver locos a los hombres, Magenta.

Ella se había vuelto hacia los campos de entrenamiento y observaba al niño con atención, como si no acabara de oír ese comentario incendiario.

–Entonces, mala suerte para ellos –dijo rápidamente. No era capaz de esconder la amargura que tenía su voz.

Su aspecto físico le había garantizado toda una vida de atenciones masculinas gratuitas.

–Sí.

No tenía que preguntar para saber que se refería a sí mismo. Permanecieron en silencio durante unos segundos, mirando al frente. El poni había aminorado el paso.

–Quiero que vuelvas –le dijo Andreas finalmente.

Magenta le dedicó una mirada de reojo.

–¿Quieres que vuelva como asistente?

Él no contestó.

–¿Por qué? –le preguntó, mirándole con ojos cansados, heridos–. ¿Para que puedas ahorrarte el esfuerzo de tener que buscar a otra persona? Pensaba que ya me habrías reemplazado –le dijo, chasqueando los dedos.

Andreas apretó la mandíbula, como si intentara contener la impaciencia a toda costa.

–Sé que no me vas a dejar ayudar de ninguna manera, por mucho que lo necesites, pero por lo menos me gustaría que tuvieras la oportunidad de ganarte el salario que esperabas tener con el trabajo que yo te impedí conseguir.

–¿Por qué? ¿Porque te sientes responsable? ¿Te pesa la conciencia de repente? No quiero tu pena –Magenta respiró hondo. Le dolía el pecho.

–Eso está bien, porque no te estoy ofreciendo ninguna pena. Pero como tu jefe... bueno, digamos que no me comporté de una forma muy ética.

Magenta dejó escapar una risotada sarcástica.

–¿Y como mi examante?

Andreas no dijo nada. ¿Qué iba a decirle?

Magenta le vio apoyar los codos sobre la verja. Entrelazó las manos. Esas manos tenían el poder de hacer lo que ningún otro le había hecho jamás.

–Me convencí a mí mismo de que me debías algo, Magenta, y en consecuencia yo te debo algo.

–Si eso es una disculpa... olvídalo. Yo ya lo he olvidado.

Eso estaba muy lejos de la verdad, pero el orgullo nunca la dejaría admitir que el hecho de trabajar para él había hecho estragos en sus emociones.

–Me temo que eso no entra dentro de lo que yo considero un comportamiento humano. Dijiste que te costaba encontrar un buen trabajo por la discriminación con la que te encontrabas cuando contabas lo que te había pasado, y yo te quité una oportunidad sin saberlo, sin saber lo que habías pasado. Pero, si no hubieras tenido ese contratiempo por el que Rushford hizo la maleta, creo que sin duda alguna hubieras conseguido ser una top model, con tu determinación y tu ambición incansable.

Magenta respiró profundamente y miró hacia el poni. El caballito volvía a trotar, con su pequeño jinete encima. Theo acababa de percatarse de la presencia de ese hombre alto y elegante que le miraba con interés mientras hablaba con su madre. No hacía más que mirarle y se estaba distrayendo. Ya no escuchaba lo que le decía la profesora.

Desde su regreso a casa, Magenta no había hecho más que pensar en cómo se parecía a Andreas. Se parecía tanto... De repente recordó la conversación que había tenido con su tía abuela el día que había llevado a Theo a casa.

–¿Se lo has dicho?

Había sido una de las primeras cosas que le había preguntado nada más entrar por la puerta.

–No. No lo he hecho todavía –le había dicho ella después de darle un abrazo al pequeño Theo.

El niño se había ido a ver un DVD que le había dado la hijastra de la tía Josie y en ese momento Magenta se había derrumbado. Se había arrojado a los brazos de su tía y le había contado toda la historia.

–Sigo pensando que debes decírselo –le había dicho la tía Josie mientras caminaban detrás de Theo, rumbo al humilde salón de la casa–. Por lo que me has contado, no parece que sea de esos a los que les da igual que los engañen.

Magenta se dio cuenta de que la rabia crecía por momentos. Estaba furiosa por la forma en que él la juzgaba. ¿Cómo había podido enamorarse así, sin remedio, sin sentido?

–Bueno, ahí es donde te equivocas. Para empezar, Marcus Rushford desapareció del mapa mucho antes de lo que dices. Y no fue mi hemorragia cerebral lo que acabó con mi rutilante carrera de modelo. Todo había terminado mucho antes porque yo no quería renunciar a tu hijo.

Ni siquiera le estaba mirando a la cara, pero podía sentir su asombro. Era un viento frío, tan gélido como el que le atravesaba la camiseta en ese momento.

–¿Qué me estás diciendo?

La frase no era más que un susurro. Estaba perplejo. Miró a Theo un instante y entonces la miró a ella... Volvió a mirar al niño.

–¿Me estás diciendo que es mi hijo?

–Mírale, Andreas, si no me crees.

Andreas volvió a mirar al chico y esa vez no fue capaz de apartar la vista de él. Su rostro estaba lleno de emociones que luchaban entre ellas. Había estupefacción, incredulidad... y algo más.

–No lo entiendo. Usaste protección.

Ella se encogió de hombros.

—A veces pasa.

—Y estabas con Rushford.

—No de esa manera.

Andreas la miró con un interrogante en los ojos.

—¿Qué me estás diciendo?

—Te estoy diciendo que...

—¡Mamá..., mira!

Se estaban llevando al poni, rumbo al establo. Theo seguía sentado encima del animal, orgulloso. Llevaba los brazos estirados y las riendas colgaban del lomo del caballo.

—¡Cariño, ten cuidado! –gritó Magenta.

Andreas estaba tecleando un número en el móvil al mismo tiempo.

Seguramente tenía que estar en algún sitio importante en ese momento. Magenta bajó la cabeza y respiró profundamente.

—Sí. Cancélame la reunión –dijo de repente, hablando por el móvil.

Había determinación en su mirada.

La clase de Theo había acabado. Magenta se apartó y ayudó a su hijo a bajar de la silla. Quería retrasar todo lo posible el momento del interrogatorio final.

La instructora le entregó las riendas del caballo y fue a comprobar algo al establo.

—¿Quién es ese, mami?

Theo señaló a Andreas, que en ese momento iba hacia ellos. El niño le observaba seriamente, con la cabeza ladeada hacia un lado.

—¿Eres amigo de mi madre?

Dos pares idénticos de ojos azules se encontraron y se miraron.

–¿Quieres que sea amigo de tu madre? –le preguntó Andreas.

–¡Sí! ¡Sí! ¡Sí! –Theo comenzó a dar palmadas.

El caballo se sobresaltó. Andreas puso la mano sobre la cabeza del animal al mismo tiempo que Magenta. Esta retiró la suya rápidamente. El roce accidental había desencadenado una colisión de estrellas en su interior.

–¿Eso significa que podemos ir en tu coche?

–Theo... –Magenta le llamó la atención. Subir al coche de Andreas era lo último que quería hacer.

–¡Desde luego! –le prometió Andreas.

Theo miró hacia el coche con ojos de ilusión.

–¿Puedo? –le preguntó Andreas a Magenta, con intención de ayudar al niño a bajar de la silla de montar.

Ella asintió con la cabeza.

–¿Quieres que te ayude a levantarte de esa silla, hombrecito? –le preguntó él a Theo.

–¡Sí! ¡Sí! ¡Sí!

Un momento después estaba en el aire. Su padre lo levantaba en brazos.

Magenta se sintió como si una mano le apretara el corazón.

–Te queda bien –susurró, sacudida por la emoción.

Andreas le dedicó una mirada negra.

La chica del establo regresó en ese momento. Tomó las riendas de las manos de Magenta.

–Los dos vais a venir a casa conmigo –le dijo Andreas al tiempo que la chica se llevaba al poni de vuelta al establo.

–No puedo. La tía Josie nos va a preparar la comida –dijo Magenta, agarrando a Theo de la mano.

La excusa no era muy contundente. Él acababa de cancelar lo que sin duda era una reunión importante, tras haberse enterado de que era el padre de Theo. Magenta sabía, no obstante, que querría saber por qué no se lo había dicho desde el principio.

—¿Qué sucede, Magenta? ¿Tienes miedo de quedarte a solas conmigo? —le preguntó en un tono seco.

No quería que Theo pudiera oírle.

—Claro que no.

—Entonces a lo mejor a la tía Josie no le importa estirar la comida un poco más —le sugirió en un tono cínico—. Después de todo, creo que es hora de conocer a la persona que cuidó de mi hijo cuando ni siquiera se me permitía saber que lo tenía.

—¡Estabas en los Estados Unidos! —Magenta soltó el aliento. Los puntos negativos que iba sumando parecían no tener fin.

—¡Hace dos semanas no! —le dijo él cuando llegaron al coche.

Magenta quería convencerse de que se merecía su rabia, pero no fue capaz. Abrió la puerta del coche para que Theo pudiera subir.

—Le has tenido durante cinco años —le dijo él.

Ella subió al coche y se sentó junto al pequeño Theo.

—Y, si realmente es mío, hay unas cuantas cosas que van a cambiar. ¡Ahora mismo!

Josie Ashton llevaba su delantal favorito cuando abrió la puerta de la casa. La prenda llevaba impresa una apacible escena de calor de hogar.

Era una casa humilde, con dos dormitorios en la

planta de arriba, otros dos en la de abajo y un cuarto de baño en la parte de atrás. Era una más entre las muchas casas adosadas que flanqueaban la calle en un barrio construido para la mano de obra de las imprentas.

—Tía Josie, este es Andreas Visconti —le dijo Magenta.

Theo seguía allí, mirándole con los ojos como platos, como si fuera un héroe de ficción.

—Bueno, no pensé que fuera a ser el limpiaventanas —dijo Josie, mirando el flamante coche que estaba aparcado delante de su casa.

—Andreas, esta es mi tía abuela, Josie Ashton.

—Encantado de conocerla, señora Ashton —dijo Andreas, estrechándole la mano a su tía.

—Supongo que también tienes hambre.

Josie Ashton nunca observaba el protocolo de cortesía, pero a juzgar por su rostro de satisfacción, Andreas Visconti le había caído muy bien.

El olor a pollo asado y a chirivías les recibió en cuanto entraron.

—Es muy amable, señora Ashton, y me arrepiento de tener que rechazar su invitación, pero tengo que hablar con Magenta de un asunto. Espero que no le importe que se la robe una hora o dos.

—En absoluto —dijo Josie. Era evidente que estaba encantada. No veía la tensión que le retorcía el estómago a Magenta—. Tómate todo el tiempo que necesites, Andreas. No me importa volver a calentar la comida.

—Solo será un momento —le dijo la anciana a Theo, acariciándole el pelo.

Cuando fue a besarle, sin embargo, el niño salió corriendo hacia Andreas.

–Yo también quiero ir. Quiero subir al coche del señor Conti.

–Ahora no, cariño. Tienes que quedarte aquí y comerte la comida deliciosa que te ha preparado la tía Josie –le explicó Magenta, intentando apaciguarle.

–¿Por qué no puedo ir? Quiero ir en el coche del señor Conti –Theo casi estaba llorando.

–¡Oye! ¿Qué pasa? –preguntó Andreas suavemente, agachándose para ponerse a la altura del niño.

–Quiero ir contigo –dijo Theo, llorando. De repente, para sorpresa de todos, le rodeó el cuello con los brazos.

Magenta miró a su tía con impaciencia. Josie parecía no darse cuenta, o tal vez era que prefería no hacerlo.

–Me siento halagado, Theo, pero, si te quedas aquí esta vez y cuidas de tu tía, volveré a buscarte luego. Lo prometo.

Todas las alarmas se dispararon en la cabeza de Magenta.

–No deberías haber dicho eso –le dijo en cuanto subieron al coche–. No deberías hacer promesas que no puedes cumplir.

–No me digas lo que tengo o no tengo que hacer, Magenta –le advirtió Andreas, apretándose el cinturón de seguridad–. Y, créeme, yo siempre cumplo mis promesas. Te agradecería que no me dijeras nada durante un rato –le dijo, apartándose–. Porque ahora mismo estoy lo bastante furioso como para estrellar este coche.

Andreas se abrió camino a través del tráfico de mediodía. Salió a la carretera de circunvalación, lejos de la congestión del centro.

Dos semanas antes, cuando había regresado de París y se había encontrado con la casa vacía, había dado por sentado que Magenta iba a presentarse en la oficina al día siguiente, pero entonces había encontrado la nota. Quizás no debería haberse sorprendido tanto, pero no había podido evitarlo. Ella no le había dicho que iba a marcharse.

Andreas había intentado convencerse de que era lo mejor. Se había dicho a sí mismo que ya había sufrido bastante. Sin embargo, había algo en ella que siempre atravesaba la coraza.

Se había dicho a sí mismo que era mejor que hubiera salido de su vida y de su cama de una vez y por todas, pero una parte masoquista de su ser quería volver a verla.

Siguió los carteles y tomó un desvío que llevaba a un paraje de interés de la zona. Hubiera querido pensar que Theo no era su hijo, pero era imposible. El niño tenía su tez, sus ojos, y era igual que él en una foto en la que jugaba al críquet con su padre. ¿Pero por qué le había negado el derecho de ver a su propio hijo? ¿Por qué lo había mantenido en secreto?

Magenta James tenía unas cuantas cosas que explicarle.

Magenta le miró con recelo al ver que aparcaba el coche en un área de descanso desierta. Estaban en lo alto de una colina, en medio de praderas y zonas boscosas. A lo lejos, a través de un grupo de árboles, se divisaba el agua resplandeciente de una presa o un lago artificial.

–¿Por qué no me lo dijiste? –le preguntó Andreas,

mirando al frente, como si viera algo más que la línea divisoria de la carretera–. ¿Por qué me dejaste pensar que era el hijo de Rushford?

–No lo hice. Eso lo decidiste tú por ti mismo desde el principio.

–Pero tú no me corregiste, Magenta. ¿Por qué?

Ella apartó la mirada. A través de los árboles vio una vela blanca que se movía sobre las aguas azules, agitada por el viento.

–No lo sé. Tenía miedo.

–¿De qué?

–De perderle.

–¿Perderle?

–Temía que tu familia y tú intentarais quitármelo.

–¿Y entonces preferiste privarle de un padre? ¿Querías que tuviera la vida difícil que tiene ahora?

–¡No tiene una vida difícil! No le falta de nada.

–¿O es que querías que Marcus Rushford, o algún otro hombre, tomara mi lugar?

–No. Ya te lo dije. Marcus nunca fue nada más que mi mánager.

–¿De verdad quieres que me crea eso?

–Me da igual lo que creas. Es la verdad.

Al salir del vehículo, Magenta sintió el golpe del viento a través del fino tejido de la camiseta que llevaba puesta. Cerró la puerta con estruendo. Andreas también bajó.

–En cualquier caso, sí que intenté decírtelo –dijo Magenta, a la defensiva. Echó a andar por la pendiente.

La colina, de un color verde intenso, descendía suavemente hasta la orilla del lago.

–¿Cuándo? –le preguntó Andreas, yendo tras ella.

—Poco después de haberme enterado de que estaba embarazada. Sabía que tenías derecho a saberlo.

—Muy generoso por tu parte —le dijo él con sarcasmo—. ¿Qué te hizo cambiar de idea entonces?

—Tú.

—¿Yo? —Andreas la alcanzó.

—Un día fui al restaurante —le explicó, manteniendo la mirada fija en el pequeño bote que trataba de mantener el rumbo a pesar de las fuertes ráfagas de viento—. Pero perdí la cabeza cuando recordé lo que me habías dicho... Si me quedaba embarazada y no quería casarme contigo... —no terminó la frase—. Me dijiste que lucharías por la custodia. ¡Y solo estábamos hablando de un niño hipotético!

Magenta se cruzó de brazos.

Sabía que él estaba ahí, justo detrás de ella.

—También tenía miedo de que no creyeras que era tuyo.

Andreas levantó las cejas. Había burla en sus ojos.

—¿Pero qué te hizo pensar eso?

Magenta guardó silencio.

Estaba muy enfadado con ella. No podía decirle toda la verdad. No podía poner en riesgo a su propio corazón.

—Intenté llamarte una vez, pero no estabas. Poco después me encontré con una chica a la que conocíamos, y me dijo que estabas en los Estados Unidos. Después de haber tenido la hemorragia, no podría habértelo dicho, aunque hubiera podido hablar contigo.

—Seguro que se lo dijiste a alguien de tu entorno, a tu madre, por lo menos —Andreas se puso a su lado.

—Sí.

–Entonces, ¿qué pensabas cuando mencionaban mi nombre? ¿No sentías curiosidad por saber dónde estaba y con quién? ¿No te preocupaba lo bastante? ¿No querías averiguarlo?

–Podría haberlo averiguado, si ella te hubiera mencionado –admitió Magenta.

No quería hablar de su madre. No quería desacreditarla ante Andreas Visconti.

–Pero no dijo nada. No quería que lo pasara mal recordando lo que había habido entre nosotros. Solo quería que mejorara.

Andreas emitió un sonido de incredulidad.

–¿Qué te dijo? ¿Te dijo que Rushford era el padre? ¿O es que creía que tú pensabas que te había fecundado el Espíritu Santo?

–Andreas, no... No sabía qué decirme –añadió, saliendo en defensa de su madre, aunque no supiera realmente por qué se había comportado así.

–Entiendo. Entonces quiso poner a su nieto en la misma situación en la que había puesto a su hija. Les dejó sin padre a los dos. Sin...

–¡Basta!

–¿Y qué me dices de ti, Magenta? ¿O es que es costumbre entre las mujeres de la familia James ocultar la identidad de los padres?

–¡No!

–Entonces, ¿por qué no me lo dijiste hace dos semanas, o hace tres? –la agarró de las mejillas y la obligó a mirarle a los ojos–. ¿Cuándo recordaste exactamente quién era?

El tormento por el que estaba pasando en ese momento era evidente.

—Aquella noche, en el bar. Fue un sentimiento instintivo. No fue nada real, pero a lo largo de las horas las cosas empezaron a encajar.

—¿Y no me lo dijiste? —la soltó. Había incredulidad en su mirada—. Todo ese tiempo que pasamos en la casa... ¿Ni siquiera cuando hicimos el amor aquella noche?

—Ya te lo dije. Tenía miedo. Ahora eres rico, y yo no tengo ni un centavo.

—¿Qué tiene eso que ver con aquello de lo que estamos hablando?

—No quería que usaras tu dinero y tu nuevo poder para hacerme daño. Tenía mucho miedo de que intentaras arrebatármelo.

—¿Y no pensaste que era injusto ocultarme su existencia?

Magenta sabía que tenía razón, pero no sabía qué más decir para intentar disculparse a sí misma. Realmente no había excusa para lo que había hecho.

—Al principio tenía miedo. Pero no sabía de qué. Había una amenaza que pesaba sobre mí, sobre Theo, y yo sabía que tenía que ser por algo que habías dicho o hecho alguna vez. Ya te parecía mal que le dejara con la tía Josie y ni siquiera sabías que era tu hijo. En cualquier caso, los recuerdos siguieron apareciendo por cuentagotas. Y esa noche cuando hicimos el amor recordé algo. Hasta ese momento me faltaban muchas piezas del puzle y mi mente era un caos.

—Si es que lo has recordado todo...

—¿Qué quieres decir? —le preguntó Magenta, mirándole fijamente.

Una fría ráfaga de viento proveniente del lago atravesó los árboles en ese momento. Magenta se abrazó a sí misma y trató de no temblar.

Sin decir ni una palabra, Andreas se quitó la chaqueta.

—¿Qué quieres decir? —volvió a preguntarle. Su cercanía la turbaba sobremanera. Su calor y su perfume la envolvían.

—Quiero decir que sigues diciendo que Marcus Rushford no era tu amante. A lo mejor es que solo es a mí a quien quieres convencer, pero tu insistencia me hace sospechar.

—Sí que lo recuerdo. Todo. Y no fue mi amante.

—Me dejaste por él. Era con él con quien querías estar —le recordó, como si necesitara que se lo recordaran.

—Pensaba que sí —admitió ella—. Pero no me llevó más de una semana darme cuenta de que en realidad no quería. De acuerdo. Era un tipo emocionante, me estaba ofreciendo muchas cosas y yo era joven e ingenua, lo bastante como para creer que cualquier hombre podía hacerme sentir lo que tú sentías, que lo que teníamos no era importante y que podía marcharme sin más. No quería verme asfixiada por los compromisos. No quería renunciar a todas mis esperanzas y mis sueños. Tú esperabas demasiado y yo no estaba preparada, aunque en realidad no quería romper contigo.

Las emociones la embargaban sin remedio.

—No podía quedarme en la base de la pirámide, sin futuro ni expectativas, sin saber de dónde venía —le dijo, intentando contener el sollozo que se había apoderado de ella—. La chica sin padre, sin madre en la mayoría de ocasiones... sin dinero, sin el respeto de nadie. Siempre era yo a quien señalaban con el dedo. Era yo quien no estaba a la altura. Estaba decidida a romper con todo eso, y cuando Marcus me ofreció esa oportunidad, me aferré a ella como a un clavo ardiendo. Realmente pensaba que me haría rica y famosa, y que todo el mundo me miraría y diría: «Mira qué bien le ha ido. Es la hija bastarda de Jeanette James. ¿Quién lo hubiera pensado?». Yo quería respeto y admiración, pero sobre todo buscaba aceptación. Quería demostrarles algo a todos los que dudaban de mí, los que me daban de lado, como tu padre y tu madre, y los chicos con los que había ido al colegio. Quería que vieran que era tan buena como ellos, tan válida. Sí. Quería fama. Quería ser autosuficiente. Pero aparte de todos esos delirios de grandeza, aparte de la ambición, también quería ayudar a mi madre.

–¿Entonces no le querías? ¿Es eso lo que me estás diciendo?

–Sí.

–Pero seguiste adelante y te acostaste con él, ¿no? Te fuiste a vivir con él.

De repente la voz de Andreas parecía más grave que nunca.

–¡No! –gritó Magenta con fuerza, decidida a aclararle las cosas–. Me ofreció el apartamento porque acababa de comprarse otro cerca de su empresa y no quería alquilarlo. Quería que alguien le cuidara la casa durante un tiempo. Me dijo que vivir allí sería mejor para mi imagen pública que vivir en la choza de mi madre. Esas fueron las palabras textuales. Quería que fuera su amante, pero yo no estaba lista para eso. No estoy diciendo que no nos hayamos besado, porque sí tuve un ligero flirteo con él, y él hizo todo lo que pudo para intentar meterme en su cama. Pero no le llevó mucho tiempo darse cuenta de que todavía estabas en mi cabeza. Cuando se enteró de que ese día había ido a verte para llevarte el libro, creo que se dio cuenta de que solo tenías que tocarme para acabar con todos sus planes de futuro. Me dijo que solo me ayudaría si te sacaba de mi vida para siempre. Y entonces fue cuando... Bueno, lo recuerdas, ¿no? El moratón... No sé muy bien cómo llamarlo. ¿Recuerdas el moratón que tenía en el cuello? Fue un acto brutal y deliberado para marcarme antes de que fuera a verte. No tenía ninguna posibilidad de meterme en su cama, pero lo hizo de todos modos. Creo que lo que más le importaba era perder un artículo de valor. No era más que eso para él. Ya tenía a otra amiga que formaba parte de su séquito de sufridoras. Pero yo estaba viviendo en su casa por una renta mínima, y ya estaba negociando un contrato grande para mí. Yo no quería renunciar a todo eso para volver a mi antigua vida, así que hice exactamente lo que me dijo ese día. Sabía que, si te hacía creer que me había convertido en su amante, no querrías volver a verme de nuevo, y yo quería que me odiaras para que no volvieras a intentar nada.

–¿Por qué me estás contando todo esto ahora? ¿Tienes miedo de que te quite a Theo?

«Porque te quiero».

El rostro de Andreas era una máscara de plástico.

–No quiero que sigas pensando lo peor de mí –contestó ella–. Sé que lo que hice no estuvo bien, pero yo solo quería que supieras que no soy tan mala como pensabas.

—¿Qué pasó entonces cuando el maravilloso Marcus se enteró de que estabas embarazada?

Magenta se vio asaltada por aquel recuerdo brutal. No podía contárselo a Andreas, no obstante.

—Me pidió que dejara el apartamento cuando le quedó claro que no iba a hacer «lo más sensato», y cito textualmente —le dijo en un tono cínico—. Yo me iba a ir de todos modos. Él solo adelantó un poco mi salida de la casa. Eso es todo.

—¿Y adónde fuiste?

—Me fui a la nueva casa que le habían dado a mi madre cuando salió de la rehabilitación.

Andreas frunció el ceño, pero no dijo nada.

—Entonces, tres semanas antes de que naciera Theo... Bueno, ya sabes el resto de la historia. Me desperté del coma pensando que le había perdido, pero estaba bien. Tenía casi dos meses. Cuando me lo trajeron, no tenía fuerzas en los brazos para sujetarle. Tenía miedo de no poder tomarle en brazos nunca más. Se convirtió en mi principal motivación para recuperarme, para mejorar.

—Y yo no estaba.

Esas cuatro palabras estaban llenas de emoción. Miraba hacia el lago, pero Magenta sabía que no veía nada en particular.

—Mi hijo vino a este mundo con una madre en coma y un padre que ni siquiera sabía que existía.

—No me odies, Andreas —le suplicó. Ojalá hubiera tenido una varita mágica para cambiar el pasado—. No puedo recompensarte por la forma en que me comporté, pero créeme cuando te digo que lo siento de verdad.

Él no dijo nada. Asintió con la cabeza como si tuviera miedo de decir algo más.

–Vamos –dijo de repente. Le puso los brazos alrededor de los hombros y la condujo hacia el coche.

Capítulo 11

MI HIJO y yo tenemos que ponernos al día. Eso le había dicho Andreas durante el camino de vuelta aquel día y se había asegurado de cumplir con su palabra. Tras haber reorganizado su agenda de trabajo, se había tomado una excedencia de una semana para poder estar con Theo.

El niño se había alegrado mucho cuando le había dicho que Andreas Visconti era su padre. En realidad se lo habían dicho los dos juntos. Andreas había insistido en estar presente. Y tenía derecho a ello. Magenta había sentido un gran alivio al poder contar con él a la hora de decirle algo tan importante al pequeño. Estaba decidido a ser un padre activo y preocupado.

Sin embargo, Magenta no había logrado acostumbrarse aún a esa implicación continua en la toma de decisiones que tenían que ver con el niño. Theo veneraba a su padre y le miraba como si siempre hubiera formado parte de sus vidas.

–Sé que quieres ser autosuficiente, y que no quieres depender de mí, Magenta –le había dicho Andreas el día que se había presentado en su apartamento–. Y lo siento. Pero yo no funciono así. Ahora tengo una responsabilidad contigo, aunque solo sea por mi hijo, así que vas a tener que aceptarlo.

Magenta no dijo nada, pero sí opuso resistencia a la idea de trabajar para él. Ya era una tortura muy grande tener que verle regularmente a causa de Theo y no quería tener que soportar el suplicio de verle a diario en el ámbito profesional, sobre todo cuando estaba tan claro que su amor jamás sería correspondido.

Le había abierto su alma aquella tarde cuando le había dicho la verdad sobre Theo, y sin embargo él no había vuelto a decirle nada acerca de sus sentimientos. Era evidente que no quería hacer nada para que Theo pensara que sus padres estaban juntos, y eso solo podía significar que nunca llegaría a pasar.

Cuando iba a buscar a Theo para llevarle a dar una vuelta, Magenta hacía todo lo posible por no dejar que las emociones la traicionaran. Evitaba mirarle a los ojos cada vez que le sentía observándola y hacía todo lo posible por esconder lo mucho que la afectaba el más mínimo contacto físico.

—Relájate —le había dicho él un día.

Iban a comprarle algo a Theo y ella se había empeñado en sacar la tarjeta de crédito para pagar, pero él la había agarrado de la mano para impedírselo y el contacto físico, una vez más, la había hecho sobresaltarse. Él, sin embargo, había malinterpretado su reacción.

—Sé que tener al padre de tu hijo en la vida del niño es una experiencia que no querías, pero vas a tener que acostumbrarte a ello —le había dicho en voz baja al tiempo que le entregaba su propia tarjeta al cajero.

Esa semana también había pagado las clases de equitación de Theo para que no tuviera que cancelarlas. Le había renovado el alquiler del apartamento y había conseguido que la rebelde tía Josie le preparara una tarta de arándanos. Magenta se había opuesto a todo con innumerables protestas, pero había sido inútil.

—¿Qué tal sienta ser el favorito de todo el mundo? —le dijo Magenta al final de la semana, cuando volvían en coche al apartamento tras haber ido a casa de la tía Josie a recoger el pastel. Theo iba dormido en el asiento de atrás.

Andreas se rio con disimulo.

—¿Detecto algo de resentimiento, Magenta?

—Claro que no —contestó ella—. Está bien que te hayas ganado a mi familia directamente.

Pero no se la había ganado a ella. Andreas era consciente de que no le quería en su vida, aunque en realidad era de esperar que fuera así, sobre todo porque su única intención había sido humillarla y darle la lección que pensaba que se merecía. Durante esa semana en la que habían trabajado juntos, sin embargo, las cosas habían cambiado. Algo le hacía despertarse pensando que iba a perder la cabeza si no la besaba de nuevo, si no sentía su cuerpo suave y cálido debajo del suyo propio.

—Como sabes, pasaré fuera casi toda la semana —le dijo él.

Acababan de llegar a casa tras haber visitado a la tía Josie. Theo iba dormido en brazos de Magenta.

—Voy a visitar las propiedades de Lake District y del noreste que PJ va a dejar a mi cargo —añadió una vez metieron a Theo en la cama—. Estaba previsto para esta semana, pero como han surgido unos cuantos contratiempos... Voy a estar fuera hasta el jueves, si Lana ha logrado reservarnos un vuelo para por la tarde.

–¿Lana?

–Sí. Lana Barleythorne. La conociste durante tu entrevista. Va a venir conmigo.

Iba a decirle por qué, pero prefirió no hacerlo en el último momento. Era mejor dejarla especular para ver cuál era su reacción. En realidad hubiera preferido dejar a Barleythorne en el despacho, pero necesitaba hacer uso de sus habilidades como directora de proyectos para gestionar el negocio de los hoteles rurales.

–Muy bien –dijo Magenta, sin más. Se encogió de hombros con indiferencia.

Andreas guardó silencio. La reacción de ella le había molestado. No podía negarlo. ¿Acaso debía probar los placeres que Lana estaba deseando darle?

Al menos de esa manera podría disfrutar de una mujer tal y como lo había hecho siempre, de forma casual, sin presiones ni compromisos.

Magenta James tenía que salir de su cabeza lo antes posible.

A lo largo de la semana siguiente, Magenta no pudo evitar echarle de menos. De vez en cuando llamaba para hablar con Theo y entonces se veía obligada a mantener pequeñas conversaciones con él. Era una auténtica tortura... Los días pasaban, uno tras otro, y cada vez le echaba más de menos. Vivía pendiente de sus llamadas y se odiaba a sí misma por amarle y por pensar tanto en él. Debía concentrarse en su hijo, tal y como había hecho siempre.

Andreas la había convencido para que no aceptara otro trabajo hasta que Theo empezara a ir al colegio y de esa manera disponía de mucho tiempo libre. Salía con el niño todos los días, sola o acompañada de su tía. Le llevaba al parque, a una reserva natural cercana, a su cafetería favorita... Había empezado a usar el coche que él le había regalado. Lo había aceptado por Theo. Todo lo que Andreas hacía por ellos, lo hacía para el beneficio de su hijo exclusivamente.

Por las noches le leía cuentos al pequeño, tal y como había hecho siempre. Le hacía leer un poco y otras veces veían dibujos o vídeos de animales mientras tomaban la cena. Finalmente le arropaba y le contaba un cuento para que se quedara dormido.

Pero entonces, en la soledad de la noche, sus pensamientos se desviaban hacia Andreas sin remedio. Le imaginaba con esa mujer, viajando y asistiendo a reuniones de negocios... Su corazón, magullado y cansado, apenas soportaba la idea.

El jueves no tardó en llegar, no obstante.

Él le había dicho que Simon les recogería en limusina esa tarde para llevarles a Surrey. Les iba a invitar a pasar el fin de semana en su casa.

—Vamos a tener que hablar de su futuro —le había dicho—. No podemos seguir así, sin rumbo claro, y es mejor que sepamos qué terreno pisamos desde el principio.

A última hora del día, Magenta estaba sentada bajo una sombrilla, hojeando una revista junto a la piscina. Theo chapoteaba en la pequeña piscina hinchable que su padre le había regalado. Simon se la había llenado de agua.

Un rato después, Andreas llamó para decir que le habían retrasado el vuelo y que no sabía si iba a poder regresar ese día. Magenta se duchó y se puso un sencillo vestido blanco. Acostaría a Theo en cuanto terminara su programa infantil favorito.

–Quiero quedarme despierto y esperar a papá –dijo Theo, adormilado, mientras le ayudaba a ponerse el pijama.

El ama de llaves le había preparado la habitación contigua a la de su madre. El niño se frotaba los ojos y trataba de mantenerlos abiertos. Magenta sonreía comprensivamente.

–Le diré a papá que vaya a verte en cuanto llegue –le prometió.

De repente se sorprendió a sí misma. Sus palabras sonaban como las de una madre y esposa cualquiera. Sin embargo, en el fondo sabía que Theo se quedaría dormido rápidamente después del ajetreo del día; el viaje en limusina, la piscina, el partido de tenis...

–Ni siquiera sé si vendrá a casa esta noche –susurró, dándole un beso.

Más bien se lo estaba diciendo a sí misma.

El sol arrojaba todo un arcoíris de colores sobre el paisaje campestre cuando salió a la terraza. Atravesó el jardín. El cielo se había teñido de dorado y rosa. Un zorzal que vivía por allí cantaba desde la rama más alta de un alerce. El aire vibraba con los múltiples zumbidos de insectos y el murmullo del arroyo.

Evitó mirar hacia el banco que estaba escondido entre los árboles. No quería recordar lo que había pasado allí la última vez que se había sentado en él. Y tampoco quería recordar lo que había pasado en la casa que tenía a sus espaldas. No quería recordar esa tórrida pasión que había compartido con Andreas y que la había hecho recuperar tantos recuerdos.

El zorzal dejó de cantar. El sol se había convertido en una enorme bola roja que se divisaba a través de los árboles. Magenta pensó que ya no iba a regresar a casa. Dejó escapar un suspiro y decidió entrar. Al llegar junto al seto de madreselva, no obstante, se detuvo en seco.

—¡Andreas!

Llevaba la misma camisa blanca y los pantalones grises con los que le había visto por última vez, pero se había quitado la corbata y se había desabotonado los botones superiores.

—No pensé que estarías aquí.

Él tampoco parecía capaz de hablar con fluidez. Dio un paso adelante. Sin saber muy bien cómo había pasado, Magenta se encontró en sus brazos de repente. Sus bocas hambrientas se fundían, se devoraban la una a la otra. Sus respiraciones se mezclaban y sus rostros recibían los últimos rayos del resplandor del atardecer.

Andreas comenzó a besarla por el cuello, por los hombros. Magenta le dejaba, se entregaba a la pasión que los consumía a los dos. Eso era todo lo que había anhelado durante semanas.

No importaba el pasado, ni el mañana. Lo único que importaba era que estaban allí, esa noche, y nada en el mundo impediría lo que estaba a punto de ocurrir.

Él la hizo tumbarse en la hierba junto al banco, le quitó las braguitas rápidamente y la penetró sin perder más tiempo. Magenta dejó escapar un grito de placer que rompió con la quietud de ese paraje silencioso.

El clímax llegó al mismo tiempo para los dos. Ambos llegaron a la cima del éxtasis y vibraron juntos en sincronía al tiempo que el sol se escondía en el horizonte.

—Lo siento —dijo Andreas, sin aliento—. No debería haber hecho eso —añadió, poniéndose en pie—. Es que no fui capaz de parar.

Magenta respiraba tan rápido como él, e intentaba recuperar la voz.

—Yo tampoco.

—¿Entonces no hay resentimientos?

Magenta no fue capaz de mirarle mientras se alisaba el vestido.

—No. ¿Por qué iba a haber resentimiento? —logró decir en un tono casual.

—¿Por qué? —él esbozó una media sonrisa pensativa. Su mirada era reflexiva, oscura. Terminó de colocarse la camisa y los pantalones—. ¿Entonces realmente no importa?

¿Cómo iba a decirle que sí importaba? ¿Cómo iba a decirle que sí importaba mucho?

—No.

—¿Por qué? —le preguntó él en un tono ligeramente más ácido—. ¿Porque solo es sexo?

—Sí.

Qué difícil era mentirle.

—En ese caso no te molestarás mucho... —le dijo él, arrancando una de las flores de madreselva—. Si te digo que... —vaciló un instante. Tiró la flor a un lado—. Estoy pensando en casarme.

El giro del planeta pareció detenerse un instante.

–No. Claro que no.

–¿En serio?

–¿Con... con quién? ¿Con Lana?

–¿Lana? –Andreas se rio–. Es muy guapa. No hay duda, pero le gusta demasiado llevar los pantalones. Me temo que Lana no me conviene mucho. No... –volvió a hablar con vacilación, como si le costara mucho hablar–. Es una mujer a la que conozco desde hace tiempo.

–Nunca me has hablado de ella.

–No... –se metió las manos en los bolsillos y miró hacia el horizonte–. No había llegado el momento oportuno.

Magenta asintió casi de manera involuntaria. Se llevó una mano a la cabeza.

–¿Y no crees que se molestaría si se enterara de que... de que acabamos de...? –no pudo terminar la frase.

La mirada que Andreas acababa de lanzarle no dejaba lugar a dudas.

–¿Se lo vas a decir?

Magenta sacudió la cabeza. Un intenso dolor de cabeza empezaba a gestarse en sus sienes. La luz del crepúsculo le quemaba los ojos.

–¿Has hecho el amor con ella? Quiero decir... recientemente... Desde que...

–Sí... Significa que habrá alguien aquí todo el tiempo que me ayudará con Theo, y estarás de acuerdo conmigo en que la situación será mucho mejor así.

Magenta se dio cuenta de que ya no era capaz de soportarlo más. Tenía los ojos llenos de lágrimas.

–¡Dios! ¡Este sol es insoportable! ¡Me lloran los ojos!

Pasó por su lado a toda prisa. Tenía que poner distancia, alejarse de él. Andreas echó a andar tras ella.

—¡Magenta!

—¡Déjame!

De repente la agarró de la muñeca. Estaba llorando, y era demasiado tarde para huir de él.

—Magenta, mírame.

—¿Por qué? ¿No te basta con haberme humillado una vez?

—¿Estás llorando? —le sujetó las mejillas. Sus dedos tocaban las lágrimas.

—¡Sí! ¿También me lo vas a reprochar?

—Pensaba que era el sol. ¡Vaya, vaya! «Las lágrimas caen en el corazón como la lluvia...».

¿Se estaba burlando de ella? ¿Acaso intentaba ridiculizarla con una cita rebuscada?

—¡No tiene gracia!

—¡No! ¡No tiene gracia! Pero harías cualquier cosa antes que admitirlo, ¿no? —la obligó a mirarle a los ojos—. ¿No? —le preguntó, casi sacudiéndola.

—Admitir... ¿Qué?

—Cómo te sientes.

—¿Cómo me siento? —repitió ella, intentando zafarse de él—. ¡No sabes cómo me siento!

—¿No lo sé?

—¡No!

—¿Y entonces por qué estás llorando? ¿Por qué tiemblas tanto al enterarte de que me voy a casar?

—¡No estoy temblando!

—¿Y por qué no eres capaz de contenerte cuando hacemos esto?

Le dio un beso fiero, brutal.

—Tú mismo lo has dicho. Solo es sexo —le dijo ella cuando por fin la soltó.

—¡No! ¡No lo es! Para ti no. No lo es para ninguno de nosotros dos —le dijo él.

Magenta estaba confusa. No sabía qué intentaba decirle.

—Pero eso no viene al caso, porque me lo vas a decir, Magenta.

—¿Qué quieres que te diga?

—Por qué estás llorando.

—¿Para que puedas darme el último pisotón? ¿Es eso? ¿Es por eso que quieres obligarme a que te lo diga? ¡Muy bien! ¡Te quiero! —echó atrás la cabeza y se apoyó contra él, derrotada—. Te quiero. Tanto, tanto...

—¿Entonces por qué no me dijiste todo esto antes?

—Ya sabes por qué.

No podía entender por qué parecía tan afectado. Era como si todos los demonios del infierno le persiguieran de repente. La noche se acercaba, pero incluso en la penumbra podía ver las líneas que surcaban su rostro contraído.

—¿Pensaste que lo usaría contra ti? ¿Para hacerte daño?... Oh, admito que quería hacerte daño, cuando tiraste por la borda todo lo que pensaba que teníamos hace seis años. Y cuando te presentaste en esa entrevista después de fingir no recordarme en ese bar... Bueno... Meterte en mi cama y someterte con el sexo de repente me pareció la mejor manera de hacerte pagar. Mi padre murió la noche que te fuiste, mientras discutíamos por ti, y yo quería hacerte responsable por ello.

Magenta dejó escapar el aliento, consternada ante esa revelación.

–Fue mi culpa, pero necesitaba echarle la culpa a alguien, así que te culpé a ti, por todo, por lo que le pasó, por lo que me habías hecho. Y dejé que esas heridas siguieran sangrando durante años. Cuando te besé en ese ascensor, solo fue para ver cómo responderías. Pero en cuanto te tuve aquí, me di cuenta de que mi castigo había sido demasiado. Quería mantenerme a raya, inmune, pero incluso desde antes de aquella noche cuando hicimos el amor, ya me había dado cuenta de que no podía serlo, tal y como nunca lo fui en el pasado. Cuando me enteré de que habías sufrido esa hemorragia... –la voz le temblaba. De repente la agarró de las mejillas–. Todo deseo de hacerte daño desapareció. Y no era porque sintiera pena por ti –sacudió la cabeza, como si no pudiera poner los pensamientos en palabras–. Después de hacer el amor contigo yo quería que te quedaras, porque no era capaz de imaginarme cómo sería dejarte salir de mi vida de nuevo, pero tú parecías decidida a irte. Yo sabía que era porque creías que mi única intención era herirte y humillarte, y no era capaz de convencerte de que no era así. Creo que en realidad no sabía muy bien por qué quería que te quedaras –hizo una mueca–. O no estaba listo para admitirlo. Pero entonces, cuando te marchaste, pasé dos semanas preguntándome por qué me estaba volviendo loco la idea de no tenerte a mi lado. Y ese día, cuando me contaste todo lo que habías pasado y me hablaste de Theo, lo vi claro... Te quiero, Magenta. Llevo dos semanas intentando decírtelo, pero parecías tan distante, tan fría.

–¡Porque tú estabas frío conmigo! ¿Por qué me dejaste pensar que te ibas a casar con otra persona? No te vas a casar con otra, ¿no?

¿Estás loca? –él se rio–. Algo me decía que tal vez no me engañaba a mí mismo cuando pensaba que podías estar enamorada de mí. Y, perdóname, cariño, por ser tan retorcido, pero es que el orgullo no me dejaba arriesgarme a ser rechazado. Fue la única forma que se me ocurrió para averiguarlo.

–¡Tú! –Magenta le empujó juguetonamente. Sus ojos estaban llenos de alegría.

A través de un velo de lágrimas vio la silueta de una luna creciente en el cielo nocturno.

–Tuviste que darte cuenta de que me estaba refiriendo a ti.

Magenta sacudió la cabeza, pero entonces se dio cuenta de que podría haberlo visto con claridad, si se hubiera atrevido a creer que podía ser así.

–Cásate conmigo.

Era una proposición que le había hecho muchos años antes, pero la respuesta iba a ser muy distinta esa vez.

–Nada ni nadie podrá impedírmelo esta vez –le dijo Magenta un momento antes de sentir sus besos en los labios.

Un búho ululó desde algún punto del bosque cercano del río. La brisa de la noche no lograba enfriar la pasión que crecía entre ellos.

Magenta sintió una descarga repentina que la recorrió de arriba abajo cuando Andreas levantó la cabeza. Las cosas se les iban de las manos una vez más.

–No. Esta vez en la cama –dijo él.

Epílogo

LA BODA había tenido lugar el día anterior en el registro. Todo había ido bien. Magenta estaba sentada en la enorme cama, de frente a la playa, esperando a su marido.

Estaban en Las Bermudas. Para la ceremonia se había puesto un vestido hippie estilo años sesenta de color blanco, con una corona de flores. Estaba embarazada de tres meses, pero aún podía disimularlo muy bien.

Theo había ejercido de paje, con su traje oscuro y su pajarita y la tía Josie se había puesto su mejor pamela de gala. Después de la ceremonia se había quejado de que algo se le había metido en los ojos. Cualquier excusa era buena para no admitir que había estado llorando.

Jeanette James había volado desde Portugal para asistir al enlace. Estaba mucho más guapa de lo que Magenta recordaba, y todo era gracias al hombre canoso que la acompañaba. El trato había sido un tanto incómodo entre Andreas y su madre al principio. Había llegado dos días antes y se había hospedado en un hotel, pero el día de la boda realmente les había deseado lo mejor de corazón e incluso le había dado un beso a su yerno.

Andreas apareció en ese momento. Acababa de

salir del cuarto de baño de la habitación. No llevaba nada más que una bata de seda. Magenta sintió que el corazón le daba un vuelco.

–¿Seguro que no te importa haber dejado a Theo? –le preguntó, sentándose a su lado bajo la sombrilla–. Sé que es muy independiente, pero... ¿No crees que se va a preocupar?

–¿Con la tía Josie y el nuevo poni? Desde luego que no –Magenta se rio–. Y, de todos modos, solo serán seis días hasta que se encuentre con nosotros en Disneylandia.

Andreas deslizó una mano sobre su mejilla. Sacó algo de debajo de la almohada.

–¡Mi Byron! –exclamó ella al tiempo que él le entregaba el pequeño libro con su forro de ante verde–. ¡Lo has arreglado!

Nadie hubiera dicho jamás que había sido reparado.

–Hemos arreglado tantas cosas. Hemos aclarado todas las cosas entre nosotros. No hubiera estado bien no incluir esto también.

Magenta deslizó las yemas de los dedos sobre la aterciopelada superficie. Podría haberlo tirado a la basura seis años antes. Recordaba haberle oído decir que había estado a punto de hacerlo en una ocasión. Pero su abuela lo había encontrado y se lo había guardado hasta su regreso de los Estados Unidos. En realidad debía agradecérselo a Maria Visconti.

–Hay algunos versos de mi poema favorito –hizo memoria–. Y de alguna forma, no se me ocurre nada mejor que decirte esta noche para expresar cómo me siento. «De los restos del ayer, del pasado... –dijo, recordando la cita–, hay algo que recordaré».

Andreas le puso un dedo sobre los labios para hacerla callar y acabar él de recitar el verso.

—«Me ha enseñado que lo más preciado se merece el amor que albergué».

Los ojos de Magenta se llenaron de lágrimas.

—Mi Magi...

El corazón se le detuvo un instante al oírle llamarla así. Solo él la había llamado así en el pasado, cuando dormía a su lado.

—Siempre lo fui. Incluso cuando pensabas que te había dejado, en realidad estaba ahí —se puso una mano sobre el pecho—. Aquí dentro no me había ido.

Andreas le quitó el libro y lo dejó sobre la mesita de noche. Magenta miró hacia el ventilador del techo, que giraba sin parar. La noche estaba cerca, y con ella llegaría otra velada ardiente, una más entre las muchas que ya habían compartido.

—¿Sabes? Según lo que he leído de lord Byron, las mujeres le encontraban irresistible —murmuró al tiempo que Andreas apagaba la luz de la mesita de noche—. Supongo que es porque conocía muy bien a las mujeres. Es una pena que no se encuentre esa clase de hombres hoy en día... —añadió en un tono juguetón, y entonces gritó de repente.

Andreas acababa de echársele encima. Iba a demostrarle que se equivocaba.

Bianca

Él siempre conseguía ... todo lo que quería

Cuando Emily Edison, la eficiente secretaria del multimi-
llonario Leandro Pérez, dimi-
tió y le dijo lo que pensaba
de él, este se puso furioso y
decidió no dejarla marchar
tan fácilmente. Si quería marcharse, tendría que pagar el
precio: ¡dos semanas con él
en el paraíso!

Atrapada, Emily vio peligrar
su frágil plan de casarse con
el hombre adecuado para
poder ayudar a su familia. Y,
cuando la atracción entre
ambos fue imposible de negar, tuvo que escoger entre
el deber y el deseo.

Deseo en el Caribe

Cathy Williams

Acepte 2 de nuestras mejores novelas de amor GRATIS

¡Y reciba un regalo sorpresa!

Hasta los planes de un jeque se torcían algunas veces...

Cuando el jeque Sharif le ofreció a Irene Taylor que fuera la señorita de compañía de su hermana y ganar más dinero del que había ganado en toda su vida, no pudo rechazarlo porque, por fin, podría sostener a su familia. Irene era inocente, pero sabía muy bien que los playboys como Sharif dejaban un rastro de desolación a su paso, y estaba dispuesta a resistirse a su habilidosa seducción...

Sharif sobresalía en cualquier sitio, pero, sobre todo, en la cama. Todavía no había comunicado su compromiso y disfrutaría de la libertad hasta que lo hiciera. La intrigante Irene sería el perfecto desafío final antes de que se entregara a una vida dominada por el deber.

El desafío final del jeque

Jennie Lucas

¡YA EN TU PUNTO DE VENTA!

Deseo

UN ACUERDO APASIONADO

EMILY MCKAY

Cooper Larson, hijo ilegítimo del potentado Hollister Cain, no tenía interés en buscar a la hija desconocida de su padre, a pesar de la cuantiosa recompensa ofrecida por este. Pero cuando su excuñada, Portia, acudió a él para decirle que había visto a la chica, Cooper aceptó ayudarla a encontrarla… para satisfacer un largo y prohibido deseo. A cambio, le pidió a Portia que colaborara con él en su último proyecto.

Con Portia por fin al alcance de la mano, logró vencer la resistencia de la dama de hielo de la alta sociedad… pero no contó con que ella también derribara sus defensas.

Una novia para el rebelde de la familia

¡YA EN TU PUNTO DE VENTA!